GOBOOKS
& SITAK
GROUP©

GOBOOKS
& SITAK
GROUP©

三日月書版

三日月書版

輕世代
FW157

3

滅世審判

第三審 劬勞

YY的劣跡 著　水々 繪

三日月書版

滅世審判

3

目錄

Wang Chen

王晨

性　　別：男

年　　齡：22（?）

身　　份：大學畢業生

處　　境：待業

隱藏身分：魔王候補

真實處境：隨時面臨來自其他魔王候補的生命威脅，刻苦修煉中。

性　　格：只要不受到外力逼迫，就是得過且過的性子，而一旦發現被人逼到無路可走，就會狠狠反撲。意外地，非常堅持自己的原則，誰都無法動搖。

評　　價：外表看似無害，其實是一隻披著羊皮的獅子，建議不要輕易招惹他。

危險等級：★★★⯪☆

William

威廉

性　　別：男

年　　齡：未知

身　　份：王晨的魔物管家

處　　境：一心輔導殿下成為下一任魔王

隱藏身分：不明

真實處境：不明

性　　格：理智而冷漠，十分擅長玩弄手段，
為實現目的，甚至不惜與敵人合作。
情感淡漠，本不該有在意的事物。
意外地，十分堅持讓王晨繼任魔王，信念堅定。

評　　價：外表孤傲，拒人千里之外，
但其實是個內心比表徵更恐怖的傢伙，
強烈建議絕不能招惹他。

危險等級：★★★★★

Chapter 1

劬勞（一）

N市郊外，某獨棟別墅。

空曠的房間內，只有鍵盤敲擊聲不斷響起，噠噠噠，彷彿一下一下敲擊在人心弦。

一個黑色身影背著光端坐於桌前，蒼白的臉上噙著詭異笑容。他表情嚴肅，專注地看著螢幕，手指不停歇地敲打著，偶爾停下來認真思索。

空氣伴隨著打字聲陷入凝固，氣氛逐漸變得緊張起來。須臾，黑影高高抬起一隻手，以勢如破竹的氣勢大聲道：「胡了！自摸清一色！」

窒息的氣氛瞬間被打破，電腦前的黑色身影——劉濤快意地大笑，「哈哈，我贏了！想跟老子鬥，還早得很呢。」

一日之計在於晨，而新晉為魔物寵物的劉濤，一天的工作總是從贏得一場麻將的勝利開始。用他自己的話來說，每天清早贏得第一場勝利是很重要的，有助於他開始一整天的工作。

在痛快地贏了一局後，他關上麻將遊戲的頁面，抱著得了便宜還賣乖的心理，打開了聊天室，想要炫耀一下自己的連勝戰局。

懶豬：連贏十三把！本大爺的麻將已經是天下無敵手，獨孤求敗，誰敢一戰？他的挑戰書發出沒多久，一個成員冒出來回應。

路人甲：又打麻將？唉，你也只能在這上面浪費時間與空氣，為自己找點存在價值了。

劉濤臉都氣歪了，這不是明擺著鄙視他嗎？於是連忙打字。

懶豬：成功不問大小，英雄不問出身。我既然能在麻將中尋找到自己的價值，就證明我在這一行還是有天賦的。任何天賦都不應該受到歧視，沒準哪天它就是拯救世界的關鍵一環！再說，比起無數的平凡平庸的普通人，我已經強了太多了，OK？

就在劉濤為自己的口才洋洋得意時，一個重量級的人物出現，成功打擊了他的囂張氣焰。

十缺九損：平凡的普通人可沒有你這麼閒，整天把時間浪費在網路上。啃老族宅男的進化趨勢是網路麻將之王嗎？挺適合你。

這種明顯的冷嘲熱諷，真是是可忍孰不可忍。

懶豬：誰說我沒有工作？老子現在可是正兒八經的就業人士。這三百多坪的別墅，全部由我一人負責，你懂不懂啊？

十缺九損：哦，原來是看門的。

懶豬：什麼看門？我的任務是負責照顧雇主的生活！

十缺九損：那就是保母。

懶豬：我的重要性是保母能比的嗎？我需要調節雇主的生理及心理健康，讓雇主時刻保持愉悅的心情，在雇主心情低落的時候提供安慰，我責任重大，懂？

十缺九損：所以你就是讓人娛樂用的？是你的雇主人型玩具？

劉濤：「……」

這句話竟然讓他無法反駁。被王晨雇傭以來，他的確發現自己的唯一作用，除了看門就是當作玩具陪樂。至少人家保母還有做菜的技能，而他劉濤除了逗樂還是逗樂，似乎沒別的用途了。

為何有一種深深的挫敗感？

不過提起了雇傭話題，劉濤倒是想起來自己到這裡已經有一段時間，至今不僅沒拿到半點薪水，甚至連出門的機會都沒幾次，不免抱怨起來。

懶豬：就算是玩具，也沒有我這麼敬業的！沒有假期，沒有補貼，除了包吃包住包網就沒任何優惠了。

自從跟隨了某兩隻魔物後，劉濤悲慘生活裡唯一的樂趣就是上網，而住在這裡的唯一優點，就是享有二十四小時不間斷的Wi-Fi。住了將近一個月，劉濤沒有見過任何一個外人，連隻老鼠的影子都沒有，簡直快憋死他了。

十缺九損：我比較好奇的是，像你這麼沒用的人也能找到雇主。你們老闆是做慈善公益？

懶豬：什麼慈善！有我這樣可憐的員工嗎？被軟禁，沒自由，看臉色，還要時時擔驚受怕。我要去找工會抗議他不人道，要加薪，要放長假！

陛下：呵呵，看來你對你們老闆很不滿？

又一個ＩＤ冒了出來。

劉濤一臉困惑地看著這個突然冒出來的成員「陛下」，很陌生的ＩＤ，自己見過這個人嗎？正這麼琢磨的時候，眼前的呼叫鈴突然響了起來。

他猛地翻身坐直，連忙接起電話。

「哎，老大！」

「是是是，我沒偷懶，我在工作。」

「……去市中心沁香園買新出爐的法式麵包？」

劉濤心裡吞下一把淚。從這裡去市中心，單程就得兩個小時啊，什麼麵包等不及要現在吃啊？

「不不不，我沒意見，我去！現在就去！您的意志就是我的最高使命，馬上執行任務！」

放下電話，劉濤只能帶著一肚子的辛酸淚，匆匆在聊天頻道內留下最後幾句，披上大衣幫魔物老闆賣命去了。

樓上房間內，王晨咬了一口餅乾，看著螢幕上最新的一行字。

懶豬：臨時接到任務，我要為大老闆幹活去了，你們這幫閒散人等就繼續浪費生命吧，拜拜。

他微微一笑，又發給劉濤一封簡訊。

「買完麵包後，順便帶一杯星巴克的咖啡回來，我只要城南那家的。」

麵包店在城北，與城南相距兩個小時的車程。可以想像，收到這封簡訊的劉濤會是怎樣欲哭無淚的表情。

不過既然這小子敢在背後議論雇主，不給他一點顏色瞧瞧怎麼可以？不然他還不知道薑為什麼是老的辣。

絲毫沒注意自己比劉濤還小了幾歲的「老薑」，得意洋洋地咬了口餅乾，又繼續盯著螢幕看，正看得興起時，威廉突然從身後抽走他手裡的餅乾，「早上請不要吃膨化食品，殿下。」

「餅乾不是膨化食品！」被拿走食物，王晨立刻抗議，「而且我買的是健康餅乾，非油炸，零反式脂肪！」

「是嗎？但是我覺得，也許您會更喜歡這樣的早餐。」

說完，威廉像變戲法似的，從身後拿出一個托盤，上面放著剛煎好的蛋和香腸，還有一塊剛出爐的蛋糕，以及小小的一碗香菇青菜粥。這麼多東西放在不過兩個巴掌大的托盤上，威廉單手托得穩穩的，足見功力。

王晨盯著這些美食，咽了下口水，「但是，我剛才已經叫劉濤去買麵包了。」

「等他回來已經是中午了，讓他自己吃吧。」

威廉不以為意地又給了可憐的劉濤沉重一擊，掃了一眼王晨眼前的電腦螢幕。

「您加入這個聊天室，應該不只是為了和劉濤玩貓捉老鼠的遊戲吧？」魔物管家若有所思地問。

王晨輕笑。

「當然不是。」他的手指有一下沒一下地敲擊著桌面，「只是劉濤進了這個聊天室，我就花了些時間關注一下。」

年輕的魔王候選人用手指劃過螢幕，「然後意外地發現，這裡竟然有不少有意思的人。」

指尖在螢幕上一劃而過。

——十缺九損。

能引起魔物候選人的興趣，在這個ＩＤ背後，究竟會是怎樣的人呢？

Chapter 2

劬勞（二）

缺損。

不足，不完備，有缺陷。

無論對於人還是事物來說，這都不是一個讓人覺得正面的評價。

如果有人閒來無聊以這個詞幫自己命名，可能是一種自我調侃，但也有可能是在表達對現實的憤怒與譏諷。

「啪——」

書掉落在地，桌面離地面約有六十公分。對常人來說，將書撿起不過是輕而易舉的事，然而，輪椅上的人看著這本書，眼神幾乎麻木地陷入僵持，許久，才彎下身去拿。

彎腰不過短短片刻的時間，所帶來的疼痛卻是劇烈的。疼痛順著神經蔓延過軀體，他緊抿著唇，額頭上滲出大滴大滴的汗，克制著不發出任何聲音。即便疼痛已經超出忍耐，他也不願喊出聲，不願讓屋外的人聽見。

不願讓別人見到他的軟弱。

用有些發抖的手撿起書，他靜靜休息片刻，直到呼吸平穩，身上的疼痛不再能擾亂他的意識，才回身看了眼桌上的螢幕。

訊息提醒在左下角不停地閃爍著，似乎不肯輕易放棄。

他伸手打開對話方塊，看著上面一行文字，彷彿可以看見電腦那端有個執著的女孩。

萊萊亞：為什麼不肯見面？我都發過照片給你了，你就不能禮尚往來一下？

萊萊亞：放心，我不在乎你長什麼模樣，我喜歡的是你的聲音。

萊萊亞：我是真的欣賞你。

他的目光在幾個詞語間停留了一下，嘴角帶起一抹嘲諷的弧度，伸手打了幾個字。

十缺九損：因為我有病。

萊萊亞：什麼病？其實現在醫療技術這麼發達，沒有什麼病治不好。就算……

不讓那端的人繼續打字下去，他回覆。

十缺九損：脊髓灰質炎。

感覺到那一端人的遲疑，他繼續打字。

十缺九損：小兒麻痺症，我雙腿肌肉萎縮畸形，比一般人的手臂還細，也不能行走，完全是個廢物。

寫下這些字時，他心裡不知道是從哪湧來一陣快意。戳破自己的傷病顯露於人前，並沒有讓他覺得羞於見人，相反到有種酣暢淋漓的快感。

許久，那邊才傳來一個小心翼翼的回覆。

萊萊亞：……是嗎？那你好好做治療，也許總有恢復的一天。

萊萊亞：既然你行動不方便，那就不麻煩你出來見面了。

萊萊亞：不打擾你了，好好休息啊。

對面再也沒有消息，頭像也突然暗下去，像是躲避什麼洪水猛獸一般。

周子慕冷笑一下，關上電腦。

他已經看膩這些人了。

周子慕是一個網路配音員，小有名氣，憑藉低沉有特色的聲線，吸引了不少愛慕者，其中不乏有些狂熱的人，想要與他在現實中見面。

每當這時候，他都會毫不猶豫地將自己身體的殘缺暴露在對方眼前。

這些所謂的仰慕者，總是一廂情願地靠近糾纏，而當知道他身體的缺陷後，又馬上退避離開。心裡明明對自己的殘疾醜陋嫌棄得很，卻還要裝作一副悲天憫人的聖母模樣。

每次戳穿這些人虛妄的謊言，看著他們不知道是真心還是假意的憐憫，他都有種躲藏在人群之外，親手揭開這些人虛偽面具的快意。

十缺九損，這是周子慕自己取的網路ＩＤ，十分如實地描繪了他的身體與性格的殘缺。自私、孤僻、偏執，沒有一個正面的詞彙。

他知道自己的心理有些病態，甚至他都明白，自己是將對身體殘缺的怨恨，出氣到這些陌生人身上。

不過這又怎樣？

他一個站都站不起來的廢物，除了這些又能做什麼呢？

叩，叩。

門外傳來冷淡的敲門聲，只是輕輕敲了兩下便停下。

周子慕知道是到了吃飯的時間，屋外的人在提醒他準時用餐，於是他便用手推著輪椅離開房間。

桌上只有一碗飯和一碟燙青菜。而在窄小陰暗的走道，那個剛從廚房忙碌完的女人卻是頭都沒有回。那是周子慕的母親，她正忙著收拾便當盒，去為自己的丈夫送飯。

周子慕來到自己專用的飯桌前，這塊由木板拼成的桌子高度正好適合他。

他默默吃著飯，夾著菜。中年女人走過來，將一袋子豆莢放到他面前。

「晚飯之前剝好啊。」

丟下這句話，她穿上那件破舊的外套，出門送飯去了。

吃完飯後的周子慕，吃力地推著輪椅到矮池旁，洗完自己的碗筷，便開始剝豆莢。

剝著剝著，他想起上午那個纏著自己的女孩。

如果她知道自己幻想過的男人，住在不到十坪的房子裡，在熏黑的牆角下剝著豆莢，心裡的幻想會不會更加幻滅？

現實中的王子不僅是個殘廢，住在貧窮的陋室裡，甚至連像樣的學歷都沒有。

整個家裡唯一值錢的，大概就是他父親從垃圾堆裡翻出來的那臺二手電腦，而正是這臺電腦，讓一個廢物通過網路，化身為許多人心目中的白馬王子。

這個世界真的很有趣，不是嗎？

剝完豆莢，周子慕回房間繼續上網。這次，那個女孩沒有再來找他，倒是另一個人，竟然又上線了。

對於這個傢伙，周子慕難得有些興趣，主動發了消息過去。

許久，那邊才傳來回覆。

懶豬：找我什麼事？

十缺九損：買個麵包需要這麼久，你的腿是斷了嗎？

懶豬：你才斷了！你才是連麵包都提不動的廢物，你才是什麼用都沒有的宅男！再鄙視我別怪我翻臉啊！

十缺九損：……

周子慕嘴角勾起一抹微笑。這隻懶豬強烈的情緒表現總是很有趣，只是挑撥了一下，竟然就有這麼大反應。

大概是因為天生冷漠，周子慕總是不由自主地受到情緒豐富的人吸引，不過另一方面，他也覺得這些傢伙很白痴就是了。

懶豬：我只是又被老闆慘無人道地使喚了而已。

十缺九損：你老闆？

懶豬：剛剛叫我去買什麼法式麵包，又要我去另外半個城區買咖啡。不就咖啡和麵包嘛，哪裡賣的不都一樣？真是吃飽太閒。而且最氣人的是，我跑了半天買回來他竟然不吃！不吃！當然最後就便宜了我……

周子慕對懶豬口中的老闆稍稍有了些興趣，聽懶豬的語氣，這老闆與其說是把他當員工，不如說是當寵物在養。

十缺九損：你們老闆有養寵物？

懶豬：你怎麼知道？我們老闆有養兩隻貓。你知道嗎，我簡直不該相信，像他這麼苛刻的人竟然也養小動物……

果然。周子慕想，隨即又繼續打字。

十缺九損：那這麼看來，你們老闆是貓狗齊全，人生贏家了。

懶豬：什麼意思？

十缺九損：自己體會。

兩秒後。

懶豬：……你覺得我老闆在把我當狗養？

還挺聰明的嘛，周子慕想。

十缺九損：比起寵物，我覺得你可以在世界末日的時候當儲備糧食養著。懶成這樣，肯定宰你的時候你也不怎麼掙扎，不費勁。

懶豬：啊啊啊啊！真是氣死我，除了我們老闆，你是唯一一個能把我氣成這樣的！再理你我就是受虐狂白痴！

看著懶豬突然暗下來的頭像，周子慕輕笑出聲，總算覺得心裡的鬱悶消散了一些。

在同一城市郊區的某間別墅，被當作出氣筒的劉濤氣呼呼地關了通訊軟體，想開一場麻將牌局平息心情，沒想到還沒開打，就聽到了到樓上的召喚，趕忙乖乖地跑了過去。

他上到二樓就看到熟悉的景致。

王晨坐在沙發上，威廉一動不動恭敬地站在他身後，兩魔之間的氣氛分外和諧。

注意到劉濤上來，威廉抬了下眼皮，瞥了他一眼。劉濤瞬間覺得渾身的汗毛都嗖地一下豎起，咽了下口水，諂媚地走到王晨面前。

「不知道老大有什麼吩咐？」

王晨抬頭看了他，笑問：「麵包好吃嗎？」

不知道為什麼，劉濤看著他這個笑容，莫名打了個寒顫。

「好、好吃，只是吃得不太安心。」

「哦，為什麼？」

「因為——」因為總覺得吃了會有不好的下場。

劉濤看著趴在王晨膝蓋上的兩隻小貓，這是他家老闆在某個雨天領回家的，如今也快有一個月了。他突然想到了剛才十缺九損說的話，話到嘴邊就變了。

「因為狗……」

「狗？」

「沒什麼沒什麼！」劉濤連忙搖頭，「看見老大您養的貓，忽然想到您怎麼不順便再養隻狗呢？」

「已經養了啊。」王晨斜睨著他。

「啊？」

王晨擺手，「不談這件事，其實今天找你，是有一件事要你去做。很重要的事。」他收斂表情，看向劉濤。

「而這件事，只有你才可以做到。」

劉濤咕嘟一聲咽下了口水，瞬間感覺自己責任重大，拍著胸脯道：「您、您說！我一定赴湯蹈火，在所不辭。」

王晨看了他好久，開口：「我要你去找一個人。」

一個人，或者說，不是人。

王晨緩緩道：「我需要你盯著他，一有動靜就回報給我。這個人是……」

喀嚓。

周子慕正在加工一組塑膠花。

他突然聽見門口傳來輕微的響動，便撐著輪椅向門口看去。

是爸媽回來了？

不對，這個時候他們通常還在街頭，不會這麼早回來。

正想著，大門傳來幾聲不輕不重的敲門聲。

「請問有人在嗎？」

竟然是外人！他心裡不免驚訝，他們一家與附近鄰居都沒什麼交集，這間陋屋不知道有多少年沒人來拜訪過，來的人到底是誰？

等到周子慕推著輪椅到門前時，門外的人又禮貌地詢問了幾聲。

「不好意思，有人在家嗎？」

「等一等。」

他應了聲，將手伸向門鎖。

那一刻，許久不曾悸動的心驀地驚跳了一下。

周子慕開門的手頓了頓，心底突然有某種預感——一旦打開這扇門，他的人生將會發生天翻地覆的變化。

Chapter 3

劬勞（三）

周子慕，男，二十五，生而有殘。

家境與其說是可堪溫飽，不如說是貧寒。

父親年輕時入伍，後來瞎了一隻眼回來，不能做什麼體面的工作，只能靠撿破爛維生。而他母親則是三十歲才嫁過來，一直未能生育。

而周子慕，因為殘疾，被親生父母扔在冬日街頭，被一對撿破爛的夫妻撿到了，成了他們的兒子。

不能生育的貧窮夫婦，發現撿回來的孩子竟然是個有殘缺的，自然失望，但是這二十多年來，他們也好歹把周子慕給拉拔大了。對於這個兒子，他們盡到了養育的職責，從貧困的家境中提供給他力所能及的生長環境。

這家人之間的情感，不好不壞，不冷不淡。不過如此。但是周子慕從沒有想過，有一天自己的親生父母竟然還會回來找自己。

——在丟棄了他二十多年後！

他面前站著一對穿著高雅、保養得宜的中年夫妻。就在剛剛他開門時，這女人竟然莫名其妙地流淚喚他兒子，而她身旁同樣穿著華貴的男人，也殷切地看著他。

這對夫妻只是望了他一眼，便說他是他們苦苦尋覓的兒子。不需要證據，只看周子慕和那男人八分相似的容貌，誰都不會懷疑。

然而最初的驚訝錯愕過後，周子慕的心裡卻沒有任何感觸——不論是感動，或是憤怒。他只是冷冷地看著他們，像在看一齣與己無關的鬧劇。

而受到冷遇、自稱是他親生父母的夫妻兩人，就與他面面相覷地站在門口，不知如何是好。

「怎麼回事？」

正當三人僵持時，一道粗獷的男聲從背後傳來。

回頭看去，只見一個穿著破舊衣衫、瞎了一隻眼的男人，還有緊跟在後的臉色枯黃的女人。是周子慕的養父母。

見到這兩個人，先前對周子慕潸然淚下的女人不由自主地皺了下眉。

周子慕的養父看著聚在門前的幾個人，眼神中有不解，有警惕。最終，他目光投向自己的兒子，略帶責備地問：「這些人是來幹什麼的，你招惹來的？」

周子慕微微笑了，他說：「他們的確是來找我的。」

「找你做什麼？」養父眼中疑惑更甚。

「他們說是我的親生父母。」

說完，他仔細看著自己養父的表情，像是想要看出他眼中的一分動搖。然而他養父卻沒有說什麼，只是沉默著從身後的小車上背下兩個大麻袋。

「既然這樣，進屋再說吧。」

在這樣微妙的氣氛下，一行人全進了這間不到十坪的破舊房子。

周子慕的母親好不容易找出了幾個杯子，洗乾淨了倒了些開水，放在眾人圍坐的桌前。那對衣著光鮮的夫婦道了謝，表情客氣，卻並未伸手去碰杯子。

許久，周子慕的父親，或者說是養父，先開了口。

「你們說是我兒子的親生父母，這個我暫時保留意見。之後去做親子鑑定，是就是，不是就不是。」他道：「但是即便你們真是他的親生父母，過了二十五年你們才來找他，我不明白你們究竟是來幹什麼的？」

他說話毫不客氣，指著周子慕道：「如果你們指望他出人頭地，怕是要讓你們失望了。我這兒子肩不能扛，手不能挑，只能靠別人養活，就算回去又能幫上你們什麼呢？」

周子慕在一旁靜靜聽著，不說話，倒是那個先前在哭的女人開口了。

「我們不是想把大……想把寶寶接回去做什麼，只是想彌補以前虧欠他的。這麼多年，寶寶過得這麼苦，我們心裡也不好受。」說到這裡，她眼中似乎又要濕潤起來。

旁邊的男人安慰地拍了拍她肩膀，接口道：「我們來接兒子，是讓他回去享福的。」

一句話，接回去享福，似乎接回兒子並不需要別人的同意，也間接彰顯了他們如今的財富與權勢。

這個西裝筆挺的中年男人雖然寡言，一說話卻隱隱帶著股氣勢，似乎是居於高位已久，與周子慕衣著襤褸的養父比起來，完全是兩個世界的人。難以想像這樣的人物，當年竟然也會把自己的兒子丟在街頭。

不需要別人問，他自己便解釋起來。

「我和他母親當年結婚，並沒有得到她家人的認可，所以我們逃了出來。馨瑜懷第一胎時身體不好，生下來的孩子天生殘疾，我們當時自顧不暇，實在是沒有能力照顧他。」

仔細說來，似乎是個狗血的窮小子看上富家女的故事，兩人為了存活，不得已拋棄親子。如今這家人有了地位財力，便來尋回當年被他們放棄的兒子。

男人看向周子慕，「我們從來沒有一天忘記過你，一直在找你。現在終於能相認，我們一定會想辦法治好你，不再讓你受苦。」

他滔滔不絕道：「我知道一時之間讓你接受這件事很困難，你和養父母也有了感情，我不會逼你們斷絕關係，你可以經常回來看望他們。周先生替我養了你這麼多年，我也不會忘記他們的恩情，定有回報。

「關於你的腳，我已經在第一醫院找好了醫生，讓他們替你再做診療，說不定還有希望。你願不願意跟我們回去，願不願意認我們？」

周圍四雙眼睛都看了過來，在這種無形的逼迫下，周子慕輕輕搖了搖頭。

「讓我再想一個晚上。」

男人說明天等他的回覆，便扶著自己的妻子離開了。而他們身前，那兩個洗乾淨的杯子裡的水，終究是動也都沒動一下。

周凱看著自己的養子。「你要和他們回去嗎？」

「爸，你要我回去嗎？」周子慕反問。

周凱回道：「他們說要帶你去看醫生，幫你治好病。」

周子慕明白養父這句話裡的意思，然而他更加明白在這層意思背後的真實。一個不能勞動的成年養子，對這個經濟困難的家庭來說，本來就是負擔。

周子慕看著家徒四壁的屋子，又看向周凱的臉。

「我明白了。」他說：「明天我會跟他們走。」

周凱動了動唇，但終究沒再說什麼。

他們費盡心思養了一個殘疾兒子，現在這個殘疾兒子的親生父母回來找他了。親生父母很富裕，養子看起來會過得很好，而他們也會得到回報。難道他們還能有什麼拒絕的理由嗎？

明天周子慕就會離開這個家。

晚上，他坐在桌前整整一夜，想要說些什麼，心裡塞著許多東西，但是卻沒人聽他說。

最終，他發了個訊息給白天聊天的懶豬。

十缺九損：你媽還好嗎？

等了許久，都沒有得到回覆。

劉濤此時根本沒空看消息，他正在執行王晨交給他的祕密任務。

他在這個偏僻的角落已經等了一整個下午，將自己縮在一個垃圾箱之後，一動不動地窩著。聽起來好像很難忍受，但是對於習慣宅在自己布滿異味的房間的宅男來說，不過是小菜一碟。

憑著超強的忍耐力，他終於發現了王晨要他跟蹤的目標。

那是一個男人，一個很奇怪的男人。像是突然出現在視野中，剛才還空無一人的小巷，突然就冒出了這麼一道修長的身影，要不是劉濤一直眨也不眨地盯著這邊，還真不會注意到這詭異的一幕。

劉濤不禁佩服對方，「神出鬼沒的，這傢伙簡直就是有特殊能力啊。」

「為什麼你會認為他沒有？」耳機裡傳來王晨的聲音，「說不定他就是有特殊能力，能夠變成蝙蝠飛走。」

「拜託，老大，我已經是二十好幾的人了。神話和奇幻故事聽聽就算，誰會當真啊？」劉濤不屑道。

王晨笑問：「那你覺得自己是什麼？」

「我？當然是個普通人了。」劉濤疑惑，「還會是什麼？」

原來如此。王晨想，看來劉濤對發生在自己身上的異變還沒有明確認識，無知就是福啊。

「繼續監視。」王晨吩咐，放下耳機看向面前的人。

「對話可以繼續了嗎？」對方問他，兩方之間只隔著一張不算寬大的桌子，氣氛顯得格外壓抑。

王晨點了點頭，「我的人已經發現了魔物，足以證明你的資料的真實性。交易繼續，談談你們的條件。」

坐在對面沙發上的男人微微一笑，他瞇起眼時，眼角有細微的紋路，將整個人的凌厲氣勢都淡化了不少。

但是王晨知道，即便如此，這個男人也不可輕視。

因為面前的這個男人，來自除魔組。

「在開始交談之前，還是容許我正式介紹下自己。韓瑟，除魔組黑組組長。」男人說著，微笑看向王晨。「我想這已經不是我們第一次見面了。」

他伸出手。

「名字魔物，身分魔物，性別魔物。」王晨懶懶地與他握手，「其他你想知道什麼，自己去調查。」

韓瑟詫異地挑了挑眉，隨即又微笑，「考慮到我們雙方的立場，你慎重一點也可以理解。可是既然你不願意告訴我真名，我該怎麼稱呼，才能區別你與其他魔物？」

王晨說：「有區別的必要嗎？你們除魔組不是一直都把所有魔物當異端看待？」

「你不一樣。」韓瑟輕聲道：「我們曾經有過一次友好合作，而我認為在此基礎上，我們還可以繼續合作——為了共同的利益。」

王晨：「聽起來不錯。」

威廉不滿皺眉，「殿下。」

王晨擺手：「好了，先聽聽他們想說什麼，也不枉我們今天跑這一趟，還把小狗放出去找人。」

讓劉濤出去跟蹤某個神祕魔物，正是因為王晨受到了來自除魔組的警告。

今天中午，他正在享受威廉的頂級廚藝時，突然接到魔物同伴于文侑的電話。

「有一個重要的人物想見你們。」

「沒錯，是人類。」

「對方運用了各種關係，我推託不掉。對了，還有一個附加消息，魔界派了新的競爭對手……」

魔界派了新的角色來N市，似乎別有圖謀。為了驗證這個來自除魔組的消息，王晨把劉濤派出去監視，果然在除魔組透露的地點找到了目標。

當然在驗證消息之前，因為實在太好奇除魔組這麼做的目的，王晨忍不住出來赴會。當然，不放心的魔物管家也緊跟在後。

現在劉濤傳來的消息證明，除魔組放給他們的資訊是真實的，的確有實力強大的魔物，不經通報闖入了N市。

要知道，N市可是威廉的地盤，對方悄悄進入，就表明來者不善。

不過，除魔組向他們洩漏情報的目的是什麼呢？

王晨有些想不通。

而在他對面，韓瑟示意手下拿來了一份新的資料。

「貝希摩斯與姬玄。」他說：「我們這次找你，正是為了它們而來。」

魔物的資料韓瑟早就全記住了，侃侃而談。

「貝希摩斯，與利維坦同為開天闢地時的巨獸，可幻化人形。姬玄，魔界公爵，地位僅次於魔王與七君主。我們得到的消息是，目前這兩個恐怖的魔物同時出現在N市，原因……」他看了王晨一眼，「原因不明。但是對於人類來說，它們的危險不亞於核武。」

「這與我有什麼關係？」王晨裝作毫不在意，目前，他對這一套談判技巧已經拿捏得駕輕就熟。

「十分有關。我想，任誰都不喜歡突然闖入自己領地、沒有敬意的不速之客，何況，也許它們還是帶著特殊目的，衝著你們而來。除魔組不希望N市的情況變得更加混亂，所以，我們想與貴方合作，解決這兩個魔物。鑒於已經有一次還算愉快的合作基礎，我覺得這次合作相當值得考慮。」

「合作？」王晨感到好笑，「先不說我能不能做到，你就不擔心在趕走他們後，我這邊的勢力反而會超出你們的控制，對人類造成更大的危害？」

韓瑟直視著他的眼睛，在那雙黑色的眼睛中，他似乎找到了自己想要的東西。他停了一停，繼續道：「不，我相信你和那些濫殺人類的魔物不一樣。」

那聲音輕飄飄地鑽進耳膜，王晨剛剛握住茶杯的手幾乎停住，隨即若無其事地端起杯子，輕輕抿了一口。

「何以見得？」

「第六感。」韓瑟笑道：「我比任何人都相信自己的預感。」

「人類比任何生物都自信，卻也往往輸在自己的自負上。」威廉冷冷開口道。

韓瑟這才像是注意到了這位魔物管家，「那就賭一把吧，看我這次是會輸還是贏。」

威廉與韓瑟相互對視，魔物的眼睛與人類的雙眼對上，空氣都好似凝結成冰。就在雙方的氣氛越來越緊張時，王晨打破了沉默。

「我接受。正巧，我也想賭一把。」

上次在利維坦那裡吃的虧，他到現在還沒有咽下那口氣。如今敵人自己找上門了，他倒想要看看，這些衝他而來的魔物，究竟有什麼本事。

聽到滿意的回答，韓瑟笑得瞇起了眼睛。

「那麼，十分期待與你們的合作。」

「我要做些什麼？」

「目前，我們對貝希摩斯與姬玄來N市的目的還不是很清楚。貴方只需要與我們配合，一同監視它們即可。」韓瑟說：「不過，這次監視可能會有點危……」

他的話還沒有說完，王晨胸前的通訊裝置突然亮起了紅燈。年輕的魔王候選人臉色一變，啪一聲扯斷通訊器，面色難看地看向韓瑟。

「你他媽的不早點說？」

命。

這是他設置在劉濤身上的防護裝置，有這種反應，說明劉濤出事了，危及性命。

王晨雖然是個苛刻的主人，但是他最討厭別人侵犯自己的地盤、動自己的人。

「殿下。」威廉走上前。

「通訊中斷了。」王晨咬牙道：「查出劉濤最後的位置，我要知道究竟發生了什麼事。」

「是。」

王晨轉頭看向韓瑟。

「我提醒過你們了！」韓瑟無辜地高舉雙手，「監視貝希摩斯和姬玄，本身就是很危險的事，不過事已至此，也許我可以提供一些幫助。你們這個出事的手下是去監視哪一位了？」

王晨看向他，深黑的眸子一眨不眨，須臾，才咬牙切齒般吐出兩個字。

「姬玄。」

王晨的競爭者，另一位魔王候選人，魔界公爵，姬玄。

Chapter 4

劬勞（四）

作為堂堂魔界公爵、魔王第四候選人，姬玄傲慢，但同樣實力強大，有足以與他的傲慢匹配的能力。

然而從無敗績的公爵大人，來到人界後卻遇到了一個難題。

——購物欲。

從空無一物的魔界來到繁華多彩的人間，貝希摩斯的購物欲像所有被壓抑了多年的女性生物一樣，釋放的後果是恐怖的，甚至已經影響了任務的進行。

為了擺脫貝希摩斯的騷擾，姬玄與其定下賭約，各自去尋找獵物，以人類靈魂的美味程度來決定勝利者。

精挑細選了許久，姬玄才堪堪選定了他的獵物。

——一個獨居的老人。

姬玄是在一週偶然遇到這個女性人類。在最開始相遇時，他並沒有把這個年邁的人類當作值得捕獵的獵物。然而他很快就發現自己錯了，那即將崩潰墮落的靈魂，十分值得捕獲。

這位名叫張素芬的老年女性人類，中年喪女，老年孤獨，兒女不孝，性格偏執，死亡的氣息與陰影幾乎時時刻刻纏繞在她身上。

還有比她更適合的獵物嗎？

同時具備著人類的愛與恨，在長久的壓抑下，一旦爆發出來，會是一股不可小覷的能量。姬玄耐心等待著，他時不時地前來觀察張素芬的情況，為她的墮落推最後一把。

而在結束今天的探視後，姬玄感覺到張素芬對死去女兒的執念，與對兒子的愛恨，已經到了臨界點。

墮落的氣味刺激食欲，即便離開了那棟陳舊的小屋子，誘人的氣息似乎仍縈繞在鼻間。

魔物勾起了唇角。

看來他的收穫指日可待，不知貝希那邊進展如何？

姬玄突然停下腳步，凝眸望向某個方向。原本因為思考而微微皺起的眉再次舒展開，臉上的表情卻變得更加凜然。

「有意思。」

他輕蔑地哼笑了聲，向剛剛注意到的某個角落走去。

是自己太大意，所以被人盯上了？這麼看來，不給一點下馬威可不行。

躲在垃圾桶後面的劉濤，突然感覺周圍變得涼颼颼的。他摸了摸手臂上竄起的雞皮疙瘩，正想著是不是該換個地方監視，眼前卻驟然一亮。遮蓋物被拿走，一個黑影落在他身前。

「你好啊，小老鼠。」

帶著笑意的聲音盤旋在頭頂，然而蘊藏在笑容下的殺意卻令人不寒而慄。

劉濤驚愕地退後，還沒來得及行動，脖子突然一涼，像是被寒風在頸後吹了一口氣，然後下一秒，他錯愕地看見自己跪在地上的雙腿。

奇怪，為什麼……我怎麼會在這個角度看見自己的腿？

這是陷入黑暗前他最後的意識。

失去控制的軀殼無力地垂倒在地，在一邊剛掏出來的手機上，還閃爍著訊息的提示光，一明一滅。

姬玄擦去手上血跡，冷眼看著這一幕。

解決了一隻礙事的老鼠，並沒有為他的心情帶來多大影響。他甚至依舊頗有興致地想著，作為對手的貝希摩斯那邊的獵物又會是什麼樣？

魔物已經走遠，天空開始下起小雨。

順著地面的溝壑，雨水沖走了紅黑色的汙穢，帶走了劉濤那張迷惘錯愕的臉上最後一絲餘溫。

社區內，晚歸的人們匆匆避雨，沒人注意到偏僻的垃圾箱角落，有一具逐漸冰冷的軀體，以及在那旁邊，徒勞無力、不斷閃爍的手機。

——你媽還好嗎？

沒有人回覆這條訊息。

周子慕坐了一個晚上。

懶豬一直沒有回他消息，是意料之內。作為並不怎麼熟悉的網友，誰會回覆這麼一個莫名其妙、看起來簡直像是挑釁的消息。

這個晚上周子慕想了很多，腦子裡閃過很多畫面，然而最終出現在他腦海的是一對茶杯。

一對洗得乾乾淨淨，卻沒有被客人觸碰一下的杯子。

他養母仔仔細細地洗淨，泡上了家裡最好的茶；他親生父母掩藏著眼中的鄙夷，從頭至尾都不願意觸碰一下。

那不只是對茶杯，而是這兩個家庭之間天差地別的懸殊。

那幅畫面清晰地重現在他眼前，似乎連杯中的水紋都可以回憶得一清二楚。

許久，他笑了。

他決定回去，一是為了養父母，另一個原因是為了自己。他想知道，這對所謂的親生父母過了二十多年才來找他，究竟是為了什麼？

出於愛？出於愧疚，想彌補這個曾被他們拋棄的兒子？

周子慕不相信。

他看著窗外，小雨吹打著夜色。等到明天，一切都會發生變化，也許再過不久就能知道，在所謂的愛的偽裝下，究竟掩藏著什麼祕密。

他期待著，天明。

有人在等待天明，有些人卻已經無法見到第二天的太陽。

陰暗的牆角，堆著一堆又一堆的垃圾，有些汙物甚至都從袋中漏出來，流了一地。偶爾有人經過，都是捂著鼻子，一臉厭惡地匆匆而過。

然而這個被人遺棄的角落，卻在深夜迎來了兩位不速之客。

他們靜靜地站在垃圾堆旁，似乎一點都不介意周圍的髒汙。天空淅淅瀝瀝地下著小雨，但是仔細注意，就會驚訝地發現這兩人身上竟然一點都沒濕。

「破破爛爛的，還能修好嗎？」站在前面的人影突然出聲問。

另一個看了看地上流了一地的紅白之物，回道：「即使他是魔物，軀殼毀成這副模樣也用不了了，更何況他本質上還是人類。」

「用不了了？」先前出聲的人重複了一遍，「威廉，我討厭別人碰我的東西，更討厭有人弄壞我的東西。」

雨水從空中一滴一滴落下，卻在即將滴落到他們身上之時，被一層無形的阻隔隔開。

王晨抬頭望了眼落雨的夜空，輕輕抬起右手。

一個響指。

垃圾堆裡發出輕微的響動，一個破爛的物體被水球抬著，慢慢從汙物中飄浮而出。王晨仔細檢查著「它」，數秒後確認了什麼。

「不在裡面，那傢伙跑到哪裡去了？」

威廉答：「靈魂出竅隨便亂逛，很容易成為其他魔物的食物。」

王晨卻不贊同，「別人也許會，不過這傢伙不太一樣。」

面對威廉不解的眼神，他回想起自己初進劉濤夢境時所遭遇的驚險一幕，「這傢伙暴走起來連我都不能輕易制住，一般魔物傷不了他。」

「那是因為您的力量還不夠強大，才會困縛不住一個人類的靈魂。」

看著魔物管家不以為意地嘲諷自己，王晨眼角抽搐，想著找到人後要不要先讓半魔狀態的劉濤咬威廉一口試試，讓魔物管家知道什麼是只會說風涼話。

像是為了彌補自己的失言，威廉又道：「但是殿下的能力十分特殊，相信只要有足夠的時間累積，您就能不遜色於其他魔物。」

「呵呵，真是感謝你的認可。」

典型的一手拿糖一手拿鞭子，王晨心底不屑，嘴角的弧度倒是稍微上升了零點一公分。

「他手機裡還有一條訊息。」威廉彎下腰，用帶著手套的手，小心翼翼地避開髒汙，翻開劉濤的手機，隨即微微蹙眉。

「怎麼了？」王晨問。

威廉將手機螢幕轉到主人面前。

十缺九損：你媽還好嗎？

王晨頗感意外地挑了挑眉，「我真沒想到，這件事還能牽扯到他？」

他一直很關注這個人，是因為能在對方身上察覺出若有若無的負面氣息。以往隔著網路，王晨只能察覺到十缺九損的些微異樣，而今晚，看見這條單獨發給劉濤的訊息後，他更加肯定自己的感覺了。

這個叫十缺九損的人類，不僅有人類墮落時的氣息，還染上了一層魔氣。簡單地說，他被魔物盯上了，而且還不是一般的魔物。

隔著這麼多介質，王晨和威廉還能清晰感覺到屬於另一個魔物的威懾感，這足以證明對方的強大。簡直像是在對所有魔宣告：這是我的獵物，你們都不准搶。

有趣。王晨想，什麼時候這座城市一下子跑來了這麼多厲害的傢伙？盯上十缺九損的這個魔物，和貝希摩斯或者姬玄有關嗎？

威廉問：「您要去追查這個『十缺九損』嗎？」

「不。」王晨搖搖頭，「交給除魔組處理就好。對我而言，現在姬玄的事情更重要。」

他吩咐威廉將情報傳給除魔組，好心情道：「這也算是賣給他們一個人情。」

既然姬玄不給面子地給了他一個下馬威，傷了他們家的小狗，那他當然不能無視這次挑釁。不回敬對方一點苦頭，他豈不是會被看扁了？其他人的事，就由除魔組去管吧。

「首先，我們需要收集更多關於姬玄的情報，可惜除魔組那裡的消息也不多。」王晨皺眉，「不把他的來路摸清楚，我連替我們家小狗報仇的門路都找不到。」

「您似乎誤會了一點。」威廉輕聲道：「既然是關於魔物的資訊，為何要去問人類呢？」

王晨聞言一愣，若有所思地看向威廉。

「你的意思是？」

「這世上，沒有誰能比魔物更瞭解魔物。」魔物管家說：「而對我們來說，現成的幫手就在身邊。」

現成的情報販子就在身邊。

坐在夜色酒吧搖晃著杯盞中的紅色液體，王晨有些懊惱。

他早就該想到，Jean 絕對不可能是個簡單的魔物家庭教師，也不會是個純粹的酒吧老闆。你見過哪個無聊的魔物會在人類社會開酒吧？就算是開心理診所的魔物于文侑，他的目的不過是為了更方便地選取獵物。

魔物的確需要一些手段掩藏自己在人類社會的身分，避開除魔組的耳目，但是他們費盡心思做這些偽裝，可不止是這一個目的，也不止這一個好處。

何況在任何時候，人群聚集的地方都是情報交流的好去處，酒吧也不例外。

「我早就該來找你了。」看著對面一臉無奈的家庭教師 Jean，王晨說：「不過現在也不晚。」

Jean 苦笑：「我真希望你永遠不要來找我。」

他心中的苦澀幾乎快溢滿整座太平洋。酒吧已經到了打烊時間，眼前這個任性的小殿下卻無聲無息地闖了進來，在這裡一坐就是坐到天亮。不說話，不喝酒，他真弄不明白王晨是要來幹嘛？

尤其是這位小殿下背後還站著一個特別難搞的威廉，讓 Jean 不敢怒也不敢言。直到天亮時，覺得壓迫已經足夠的王晨，才開始對 Jean 問話。

「你只要告訴我情報就可以。」

「我知道的並不比您多，小殿下。」Jean 謙虛道：「而且您身邊還有威廉，我敢說在魔物之中，沒有誰能比他知道得更多。如果您有什麼疑問，問他更清楚，除非您在他那裡得不到答案。」他不動聲色地挑撥離間了一把。

「那是以前。」威廉淡淡道：「離開魔界後，我有很多消息並不清楚。至少在我離開時，對姬玄並不瞭解。」

「是的，當然當然，你走的時候那小子甚至還不是公爵，只是占了他老姐的便宜。」

「老姐？」王晨頗感興趣地挑起眉毛，「魔物還有血親？」

「當然有，我們又不是石頭裡蹦出來的。」

「不，我的意思是，魔物會承認這種血親關係？我以為那裡的生活會更殘酷一點。」王晨摸了摸後腦勺，想起威廉曾經說過的一些話。

「殘酷都是相對的。對於一個新崛起的勢力來說，血親是支持他們的最可靠的力量。這與其說是人類之間的親情，不如說是一種相互利用的關係。」Jean 道：「總之，姬玄是在他的長姐成為七君王『色欲』後，才擁有了公爵的爵位。」

「是嗎？」王晨點了點頭，「那你的意思是，他其實是靠姐姐上位，是個吃軟飯的，實力並不怎麼樣？」

「不，我沒有這麼說……」Jean 滴下一大滴汗。

「那你知道他這次來人界的目的嗎，是不是針對我？他難道也是下一屆的魔王候選人？姬玄實力比我如何？有沒有什麼特殊能力？」

面對王晨連珠砲般的發問，Jean 實在有些吃不消，抹汗道：「小殿下，您究竟想問什麼？」

「我想問的是。」王晨抬眸，「那個膽小鬼在不在你這？」

「膽小鬼？」

Jean 過了半晌，才明白王晨指的是誰。

膽小鬼，難道他指的是姬玄？那個史上最年輕的魔界公爵姬玄？

那位常常在他這裡作客，一待就待半宿的候選人。也是他家頂頭上司的親弟，和王晨是魔王職位競爭對手的姬玄？

Jean 咽了口口水道：「為什麼這麼稱他？」

王晨向他身後看了一眼。

「明明來到這個城市，弄傷了我養的小狗，卻不敢出現在我面前。他不是膽小鬼是什麼？而且我沒猜錯的話，他剛剛才來找過你吧。」

Jean 抹了一把不存在的冷汗，「小殿下可不能空口無憑地亂說啊。」

「氣味。」王晨不快地皺了皺鼻子，「我在你這裡聞到了另一個魔物的氣息，而很不巧，這與今天弄傷我們家小狗的傢伙是相同的味道。不是姬玄還能是誰？」

Jean 苦笑，「明明一個多月前連魔物和人類都不能區分。威廉，你可沒告訴我你們家殿下竟然進步這麼神速。」

威廉瞥了他一眼，沒有回答，倒是王晨微笑道：「這不還要感謝作為指導者之一的你教導有方嗎？」

「好吧好吧，我承認，不久之前姬玄的確來找過我。」Jean 深吸一口氣，道：「不過，原因和你沒什麼關係，而是另一件事。說起來，這件事最近在本市的魔物圈裡十分轟動，大家都在等著看結果呢。」

王晨瞇起眼，「是什麼？」

「一個賭局。」Jean 淺笑，「一個貝希摩斯與姬玄之間的賭局，他們選擇我做見證人。一開始我根本沒想到事情會鬧這麼大，至於最後怎麼裁判倒也讓我為難了……等等！」

Jean 突然目不轉睛地盯著王晨，臉上的表情變得興奮起來，「我怎麼沒想到呢，我怎麼沒想到！原來事情還可以這樣！小殿下！」

「是，是。」被他狂熱的眼神盯得汗毛直豎，王晨連忙坐直，「有何指教？」

Jean 笑得詭異。

「一般來說，賭局只有一種結果：一方勝利另一方輸。其實也沒太多意思。」他蠱惑的聲音傳入王晨耳中，「親愛的小殿下，您要不要考慮一下，為這個平庸的賭局注入些不一樣的因素？」

王晨感興趣地挑起眉，「比如？」

「比如——賭局突然加入了協力廠商，讓之前的雙方兩敗俱傷。怎麼樣小殿下，要不要考慮下做這個莊家？」

初升的朝陽透過窗簾間的縫隙灑進室內，黑暗中一片寂靜。

須臾，響起一道帶著笑意的聲音。

「很有趣的建議。」

Chapter 5

劬勞（五）

這廂王晨正與 Jean 圖謀不軌，另一邊與他締結盟約的除魔組還在為上次事件的後遺症忙碌。除魔組的李晟雖然被王晨救了出來，但是身負重傷，不能繼續執行一線任務。

除魔組N市分隊今天的工作，一個是護送李晟離開，一個是迎接他們新來的援軍。

內部頻道裡，傳來元亮活力十足的聲音。

「隊長，已經和交接的人員照過面，李晟交給他們了。」

「很好，趕緊回來。」韓瑟放下對講機，看向俞銘，「李晟可以安全回到大本營了。」

俞銘點了點頭，「我早就說要把他送回去，現在N市的情況變得這麼複雜，他繼續待著只會更危險。」說到這裡，他表情一變，「我還是不明白，隊長你為什麼要和魔物合作？」

「不是和魔物合作，是和它合作。」韓瑟指正，這個「它」指的自然是王晨。

「有什麼不一樣？魔物都是玩弄人心的高手，我擔心這場合作它們根本不懷好心。」俞銘說：「隊長，你太過相信它們了。」

韓瑟笑了笑，「我知道魔物都很狡猾，但是這個不一樣。」

「怎麼不一樣？」俞銘不屑。

韓瑟見他固執，搖搖頭不再多說：「到時候你就會知道。對了，剛才我們合作夥伴發過來的情報，你們查清楚了沒有？」

「有，網路技術小組根據ＩＤ和ＩＰ位址，已經查出對方的真實身分。」俞銘說著，遞上一份資料。「就是這個人。」

韓瑟接過來一看，寥寥幾張紙上，記載著一個年輕人從出生到現在的全部資訊。

十缺九損

真實姓名：周子慕

男，二十五歲，下肢殘疾，不良於行，依靠父母賣破舊廢品為生。以網路配音員的身分，活躍在虛擬世界中，目前……

這是一份十分詳實的資料，甚至連不久前親生父母找上門認親的事，上頭都有提及。

草草看了一遍，韓瑟臉色不變，「你有什麼想說的？」他問俞銘。

俞銘說：「說實話，我不覺得這個周子慕有什麼地方值得關注。」

雖然他的身世的確比起一般人坎坷，但是會被魔物看上的目標，哪個背後沒有點故事？

除魔組的人時刻在第一線與魔物戰鬥，看過更多更悲慘的人生，相比起來，周子慕實在很普通。

韓瑟同意道：「的確，如果不是我們親愛的合作夥伴提醒，我也不會注意到這個人。關於周子慕，組裡收集到的最新情報是什麼？」

元亮在一旁插嘴道：「好像是他答應和親生父母回去，已經準備動身了。」

「沒有別的？」韓瑟追問。

元亮一臉莫名其妙，「還能有什麼？」

「果然……」韓瑟低喃一句，抬頭看向兩位隊員，「盯著周子慕，一有消息就告訴我。」

俞銘不解，「隊長，他本人沒有鬧事，也沒有橫生枝節，為何還要盯著他？這有什麼不對嗎？」

「就是因為什麼都沒有，所以才不對。」韓瑟閉上眼，摩挲著手中周子慕的照片，「他的反應太平靜了。」

反應平靜還能有錯？

韓瑟說：「一般人遇到這種事，誰不是大喜大悲，情緒大起大落？周子慕這麼平靜，簡直像是沒有人類的感情，或者說他十分善於壓抑自己的感情，在最親近的人面前也不輕易暴露。如果我是魔物，我也會對這樣的獵物感興趣。」

俞銘還是不贊同，「可是就憑這種猜測……」

「不好意思打斷你們。」元亮突然舉手，「我剛接到一個消息要向您彙報。已經確定這次志願者的身分，是科研組組長嚴懷親自前來，他已經抵達N市。」

匡啷。

韓瑟手中的杯子摔在地上，臉色難看。

「你說什麼？」

「是科研組組長嚴懷。」元亮看著他的臉色，小心翼翼道。

竟然又來了一個讓人頭疼的傢伙！

韓瑟嘆了口氣，頭痛地問：「他到哪了？」

「目前嚴懷組長正在……」

元亮正要彙報嚴懷的所在位置，周圍空間突然出現詭異的扭曲，下一秒，兩個大活魔憑空出現，落在韓瑟身前。

「午安，除魔組。」不請自來的魔物微笑道：「我來探望我盡職的盟友了。」

除魔組眾人：「……」

這種大變活人，不，大變活魔的把戲究竟是什麼玩意兒！心臟病都要嚇出來了好嗎！還以為是有魔物突襲到基地了！

等了半天不見有人回答，王晨無辜地回頭，「我們是不是來得不是時候，打擾他們了？」

「不，殿下。」威廉說：「我想只是這些人類的承受能力還有待加強，如果他們真想要與我們合作，必須更加習慣魔物的行動方式。」

「那我們需要等待他們習慣嗎？」

「您真是善解人意，殿下。」

實在是受不了這兩個厚臉皮魔物的一唱一和，韓瑟率先恢復過來，問：「兩位，我可以問一下，你們突然出現在這裡的理由和原因嗎？嗯，這位……」

「王晨，我的名字。」王晨道：「我想了想，覺得對盟友還是需要開誠布公。」

「感謝你的開誠布公。」韓瑟苦笑，「誰可以和我解釋一下現狀？」

除魔組作為專業應對魔物的人類組織，不論是在人員還是硬體裝備上，都是一流的，讓兩個魔物活生生地闖進流動基地還是第一次。要是傳回基地本部，八成會被全組的人笑掉大牙。

「別介意，你這裡的防備措施其實很到位。」後知後覺的王晨道：「我們之所以能進來，是因為上次見面時威廉在你身上放了些小玩意。憑藉這個小東西，我們才能不觸發你們的警戒裝置潛進來。」

韓瑟看見一個不足指甲大的黑色碎屑從自己身上飛走，在魔物管家指中化為飛灰。

「領教了。」他看向威廉，目光深沉。

有這種手段，這個寡言的魔物要殺死在場所有人簡直是分秒間的事。他還是太小看了對方。

「為了表達合作的誠意，威廉不會再在你們身上動手腳。」王晨說：「畢竟總是讓盟友提心吊膽，合作也不會愉快。」

威廉淡淡道：「殿下的命令就是我的意志。」

俞銘的臉色很難看，而韓瑟卻還是笑著回了一句。

「真是十分感謝。不過，還是表明你們的來意吧。」

「關於這件事。」王晨聳了聳肩，「我正要與你商量。」

十分鐘後。

「賭局？」韓瑟詫異，「所以這只是姬玄與貝希摩斯玩的一場遊戲？那麼，勝利獎品是什麼？」

「不知道。」王晨聳了聳肩，「據我所知，魔物經常心血來潮，也許對他們來說遊戲的過程比獎品更有誘惑力。」

「混蛋！」俞銘一拳打在車廂上，「它們把人類當成什麼！難道在你們魔物眼裡，人類就是打發時間的玩具，任憑揉捏嗎？」

王晨道：「很遺憾，在大多數魔物眼裡看來就是如此。」

俞銘狠狠瞪著他，「你——！」

「冷靜，冷靜！」韓瑟攔下衝動的屬下，「你來這裡不僅是為了告訴我們這個消息吧。」他問王晨：「你有什麼目的？」

「你該問的不是我有什麼目的，而是『我們』。」王晨笑了，「關於賭局，我剛剛忘記告訴你們一件事——現在這場比試裡又多了一個參與者。」

韓瑟若有所悟，屏住呼吸看向他。

「那就是我，不。」王晨笑了笑，「是我們。」

「你又打算拉除魔組下水嗎？」

「別說得那麼難聽。阻止姬玄與貝希摩斯的唯一方法，就是不讓他們贏取勝利，這既符合你們的目的，也符合我的利益。一贏俱贏，一損俱損。」王晨貼近韓瑟耳邊，低聲道：「怎樣，你願意和我一起，將另外兩個對手一網打盡嗎？」

聽著噴薄在耳邊的呼吸，韓瑟輕輕提起嘴角，「求之不得。」

至此，王晨與除魔組正式加入這場豪賭。

他們的任務是阻止姬玄與貝希摩斯任何一方取得勝利，也就是說，阻止這兩個魔物成功獵取靈魂。

對於除魔組來說，這本就是他們的職責；對於王晨來說，教訓一下這兩個不把他放在眼裡的魔物，也是十分樂意的事情。

「那麼首先第一件事，就是鎖定姬玄與貝希摩斯的目標。」王晨道：「貝希摩斯那邊……」

「應該是周子慕。」韓瑟想了想道：「根據你提供的線索，他已經被魔物盯上。時間相符又有這個能力的，就只有貝希摩斯了。姬玄那邊呢？」

「暫時不能確定他的狩獵目標。不過沒關係，等到我養的小獵犬聞到氣息，他很快就會暴露了。」王晨信誓旦旦道：「那麼，周子慕現在在哪裡？」

「聯繫監視組。」韓瑟吩咐，不一會就收到了最新消息。

他挑眉，「周子慕人在市立第一醫院。」

「哈，真是個熟悉的地方。」王晨若有所思，「我記得這家醫院發生了不少有意思的事。」

「說來巧合，我們第一次見面就在那裡，不，或許還要更早。」韓瑟看著他微笑。那一次，他們可是被王晨坑慘了。

一人一魔相互對視，眼神中似有波光流轉。突然，一個身影擋住了王晨的視線。威廉的表情似乎是有些不快，他站在自家殿下身前，阻止了一人一魔的「深情對視」。

「事已至此，盡快確定計劃吧。」威廉說：「我有預感，貝希摩斯很快就會下手。」

「那我們先去醫院。」王晨說：「我倒要看看周子慕究竟有什麼特殊之處。」

「那我們……」

「你們除魔組繼續暗中監視吧。我和威廉行動起來比較方便，也可以隱匿蹤跡，之後再聯繫。」

「好吧，靜待佳音。」

話音未落，兩個魔物又如同來時那樣，瞬間消失在視線裡。

韓瑟靜坐原地，沉默良久。

「隊長，你怎麼了？」俞銘擔心地問。

「沒什麼。」韓瑟搖了搖頭，想起剛才威廉看向自己時格外防備的眼神，「只是感嘆，魔物有時候還真是敏感。」

不明白這句話含意的俞銘更加困惑，可終究還是沒忘記正事。

「既然計畫有變，那我們的監視還……」

「繼續監視。」韓瑟道：「不過現在開始，要做一些其他安排。」

除魔組的幾位跟在隊長身邊，開始商量後續事宜，然而，元亮拍了拍腦袋，總覺得自己好像遺忘了什麼。

他們似乎忘記了一件很重要的事，究竟是什麼呢？

「N市。」

狂風呼嘯，擁擠錯亂的人群中，一個披著風衣的男子走出車站。他抬頭看了眼天空，又看了看手表，須臾，微微皺眉。

很不幸，除魔組把他們的援兵科研組組長大人，遺忘在人潮擁擠的火車站了。

Chapter 6

劬勞（六）

被人遺忘是一件很惱火的事，等了半天，嚴懷依舊沒有等到接他的人。於是，他只能自力更生。但是想在茫茫人海中找到隱蔽的除魔組臨時基地，不是件容易的事。

嚴懷是第一次來這座城市，在此之前，他只對這座城市裡的魔物有所耳聞。畢竟，強大到需要出動一整支除魔組分隊的魔物，只有這裡有了。

更令人意外的是，一向未有敗績的除魔組，竟然在N市栽了一個跟頭，不僅差點沒完成任務，還損兵折將。

而這個吃虧的隊伍的帶頭人，就是嚴懷的老對頭——韓瑟。

一想到往日韓瑟在自己面前不可一世的表情，對於對方吃了這個虧，嚴懷有種莫名的暢快感。這次總算讓那個小瞧科研組的莽夫嘗到苦頭了，給他個教訓，讓他知道什麼是不可逞匹夫之勇，才會收斂一點。

嚴懷繼續想，若是韓瑟那小子能明白這個道理，從此不再和他唱反調，也不枉他來當這一次援兵了。

不過還沒見到韓瑟，他就先被對方放了鴿子。

嚴懷點燃一根煙，有些惆悵地吸了一口。看來，他得先找到N市除魔組基地才行。

堂堂科研組組長在火車站迷路了半天，隨便上了一輛車，半小時後，便用完了身上僅有的現金，被司機扔到一個不知名的角落。

嚴重路痴還不自知的科研組組長，看著周圍的人來去匆匆，頓時覺得略感憂傷。既然找不到路，他索性再點起一根煙，開始思考人生。

周圍偶爾有行人停下腳步，看見在街邊吸煙的嚴懷，目光都是詫異而羨慕的，大概是在感嘆這個大白天卻不用為柴米油鹽忙碌的懶人吧。

可有什麼好羨慕的呢？嚴懷才要羨慕他們的無知。不知魔物的可怕，不知人類岌岌可危的處境，這又何嘗不是一種幸福？但是這種幸福，不屬於除魔組。

想著想著有些煩躁，嚴懷覺得心中有一股氣憋著，惱人得很。他熄滅煙頭，站直身子，正想感慨兩句發發牢騷。

「真煩。」

嚴懷一愣，確定自己還沒來得及開口，那麼說話的人是？

他轉過頭，看見一個身高還不到自己腰部的小女孩。黑色的裙襬層層疊疊，在陽光下顯示出厚重的質感，緞帶繫成優美的蝴蝶結，隨著身體的動作輕輕搖擺，猶如活物。

——說話之人，正是這個穿著黑裙的小女孩。

小女孩抱怨道：「這些人每天都在這裡走來走去，真討厭。」

聽見一個小女孩嘴裡吐出這番話，不免讓人感到好笑，嚴懷本打算置之不理，然而女孩的下句話卻吸引了他的注意力。

「何況他們之中很多人根本不知道自己在忙什麼。」黑裙小女孩碎碎念道：「一味地蠅營狗苟，毫無追求，哼，愚笨……」

「小朋友。」嚴懷饒有興致地看著她，忍不住插嘴，「這些話妳在哪裡聽來的，妳家長輩都這麼教妳？」

女孩瞥了他一眼，「你也是個愚笨的傢伙，看我年紀小，就認為我不會有自己的想法，以貌取人！」

嚴懷來了興致。看來這還是個不得了的小丫頭啊。

「是我輕視妳了，我道歉。」嚴懷鄭重道：「那麼，小妹妹，妳能不能告訴我，妳為什麼會一個人在這裡？」

「這和你有什麼關係嗎？」

「我只是替妳的監護人擔心，放這麼個學識超凡的小傢伙出門，萬一被別人撿走了，他豈不是損失慘重？」

聽到這句話，黑裙女孩噗嗤笑了，這才抬頭看向嚴懷，「我不會被人拐走，我不拐走別人就不錯了。一向只有人怕我的分，沒有我怕人。」

嚴懷調侃道：「可以想見。畢竟不是人人在妳這樣的年齡，都像妳這麼伶牙俐齒。」

黑裙女孩烏溜溜的眼睛打量了他好一會，「該我問你了，你為什麼會一個人在這裡？」

「這只是一個不幸，一場人生中不可避免的風險。」見女孩好奇地看著自己，嚴懷無奈道：「簡單來說，就是我迷路了。」

「真是個有意思的傢伙。」女孩莞爾，「為了獎賞你讓我覺得有趣，我告訴你一些消息吧。」她指著不遠處的大門道：「我來這裡可是有計畫的，看見那間醫院沒？一會我就要去裡面玩。」

嚴懷想了一些自己在這個年齡時會玩的遊戲，自以為是道：「去醫院裡探險嗎？妳的監護人知道嗎？」

「他？」黑裙女孩抿嘴笑，「我才不會讓他知道，我還要和他比賽呢。時間不早，我得去做正事了，再見，有趣的人。」她走出不遠，又回頭若有所思地望著嚴懷，「不，還是不要再見吧，祝你早日找到回家的路。」

只是一瞬間，小女孩便消失在大門的那一邊。

真是個奇怪的小妹妹，嚴懷想，自己還不知道她的名字呢。不過算了，想來他們也不會再見。

他正這麼想時，一直沒有動靜的手機終於響起鈴聲。

嚴懷看了一眼來電顯示，是一串沒有見過的數字。他瞬間了然，這大概是韓瑟組員的臨時號碼。除魔組出門在外，從來不用固定的號碼聯繫，這也是為什麼他無法主動聯繫對方的原因。

接通。

「喂。」

「喂，嚴組長嗎？抱歉抱歉，這邊突然有急事，我們一時間……」電話一接通，那邊就傳來道歉的聲音。

「不用解釋了。」嚴懷說，看了下表，「至少你們沒把我遺忘到天黑。」他一邊說，一邊拿著手機往前走，「說吧，什麼急事這麼突然，是不是事關魔物……你說什麼，醫院？」

嚴懷突然停下腳步。

「哪家醫院？」

幾秒後，他轉身，看向自己身後那扇大門上金光閃閃的幾個大字。

N市第一醫院。

真是踏破鐵鞋無覓處，得來全不費工夫。

「不用來接我了，我直接在目的地等你們。」

嚴懷掛斷電話，邁步向醫院走去。

與此同時，王晨與威廉抵達了N市第一醫院。這不是他第一次來了，肯定也不會是最後一次。

對這家醫院，他一直有一種莫名的懷念感，甄芝、利維坦、嫉妒，種種過往，現在想來，就像是昨天發生的事情。

然而，他卻已經不再是那個懵懂無知的魔物。現在的他，可以與除魔組聯盟，可以與強魔為敵，也可以嘗試自己的極限在哪裡。

王晨和威廉抵達醫院並沒有耗費多少時間，他們走到醫院門口時，正好有一輛車停下。

車上下來許多人，似乎是嫌他們擋住了道路，當先的一個中年男子微微皺了皺眉，表示不滿。中年男子身後一大堆的威猛大漢統統看向王晨，眼神已經表示了一切。

還不快給大爺讓路？

然而王晨卻像是什麼都沒看見，徑直從他們中間走了過去。

中年男子的皺眉、威猛大漢們的不滿，全部沒有入他的眼。他走過他們中間，就像是路過一片野草，經過一條溪流那麼隨意。

正準備發怒的保鏢們不知為何，竟全都吭不了聲，只能眼睜睜地看著王晨以這種旁若無人的態度從他們中穿過。

好不容易有人回過神來，打算攔住王晨，然而一看到跟在後面的威廉，卻陡然失去了伸手的勇氣。這個男人的黑色眼睛，莫名地讓人恐懼。

在這時，人群中間突然有人笑出聲來。那笑聲嘹亮，似乎帶著快意，卻底氣不足，笑了幾聲又咳了起來。

王晨停住步伐，回頭看了眼這個坐在輪椅上大笑的人，剎那間眼睛亮了亮，與威廉對視一眼。兩人都沒有說話，隨即，裝作若無其事地走了。

他們越走越遠，輪椅上的周子慕卻一直望著他們瞧，直到兩人拐入轉角不見，才收回視線。

看著眼前那位面色不豫的中年男子，周子慕微笑道：「怎麼了，父親？不進去嗎？」

李華盛板著臉點了點頭，帶著這一群人進了醫院。

他們是來醫院檢查的，要確認周子慕的腿還有沒有治好的可能。那群彪形大漢是保鏢，同時也是苦力，周子慕行動不便，他們便代替他的手和腳，帶著他行動。

這麼多年過來，很多正常人可以做到的事情，周子慕其實並非辦不到，只是困難了點，然而李華盛卻以不能讓他吃苦為由，硬是雇了這麼多「手腳」過來。

一進醫院，所有人的視線都投注在他們身上，尤其是盯著被一大群保鏢圍著、小心照顧著的周子慕。那些眼神中，有驚訝，有好奇，有惋惜，最終，視線全部都停留在那雙畸形的腿上。

周子慕表面上沒有什麼動靜，握著輪椅的手卻用力到泛白。他看著走在前面的父親的背影，心裡冷笑。

請這麼多保鏢來，究竟是為了照顧他，還是一次次在他心頭劃出血痕，提醒他不過是個行動不便的殘障？

若是一般人，恐怕會因為李華盛的大費周章而感動，可惜，周子慕不是。他早知道自己有些心理異常，還很坦然地接受了。

李華盛回過頭看著自己的兒子，「先讓他們帶你到安靜點的地方，我去和院長談一談。」

周子慕微笑，「好的，父親。」

保鏢們將他送到一間僻靜的休息室，全部退到室外等候。

空蕩蕩的室內，周子慕在寧靜中開始習慣性地回憶今天的事。李華盛複雜的表情與語言、陌生人憐憫的眼神、保鏢不屑卻又裝作恭敬的模樣，最後，還有……門口偶遇的那個年輕人。

雖然兩人的對視只有一瞬間，周子慕卻牢牢記住了對方的眼神。

那雙眼睛，沒有好奇，沒有憐憫，只有一絲興致。

究竟是什麼，讓那人在看到一個半身不遂的殘廢時，會顯露出如此大的興致？周子慕正想著，不經意瞥見窗邊有個東西在反光。閃爍的光芒在陽光下並不刺眼，卻讓人心煩得慌。

他推著輪椅過去，吃力地將東西拾起來，發現那是一把塑膠手槍，似乎有些年代。

一把小小的、舊舊的，不知道是誰留下來的玩具手槍。

是誰留在這裡的？

Chapter 7

劬勞（七）

周子慕小時候並沒有什麼玩具，甚至於在他童年的記憶裡，根本沒有玩具的概念。

植物需要陽光、空氣和養分，才能茁壯成長，而人只需要有一口飯吃，便可以存活。只不過有的人活得體面，有的人活得苟延殘喘。

這麼看來人類需要的其實很少，似乎比植物更容易存活，但其實並非如此。為了活下去的「那口飯」，掙扎困頓的人不知凡幾。

小時候周子慕總會想，如果人是植物的話該有多好，那麼他只要呼吸空氣就可以活下去了。對於一個連活下去都艱難的家庭，玩具就是奢侈品。

不，其實他也是有玩具的。周子慕突然想起來，小時候，他的的玩具就是一堆破爛，養父會從破爛裡撿拾些沒用的東西，為他做些玩意兒玩耍。那雙粗糙的大手，讓他的目光一直停留在上面。

當養父將那些製作出來的小東西交到他手裡時，就能碰觸到那雙大手，那觸感粗糙、溫暖，他一直記著。而養父埋首認真製作這些小玩意兒的模樣，也永遠刻在他的記憶裡。

嘻嘻。

周子慕是被一陣笑聲吵醒的，那聲音鬼魅無影，似近在身邊，又似乎遠在天涯，令人不寒而慄。周子慕恍惚間彷彿看到一個小女孩望著自己，不懷好意地輕笑。

他幾乎是一瞬間就驚醒，醒來才發現自己不知什麼時候睡著了，手裡還握著那把撿來的破舊玩具槍。

周子慕皺了皺眉，想把玩具槍扔掉，然而臨出手時不知何故又收了回來，將它放進上衣口袋。

他記得自己做了一個夢，已經記不清了，只隱約想起是一個關於過往的夢。大概是今日陽光太好，讓人不知不覺起回憶起往事。

然而……

周子慕瞇起了眼，往事未必都是美好的，夢也是如此。

正這麼想時，李華盛推門而進。

「住院手續已經辦好了。」他說：「今天你就先住院，明天再做進一步的檢查。」

周子慕轉過輪椅，微笑著看著他，「謝謝父親。」

他就這樣在第一醫院常住下來，同時享受了一次高水準待遇，不僅全程由多個主任醫生負責治療計畫，連病房都是單間，並配有二十四小時的看護。聽說，李華盛重金請來了一支由多國專家組成的治療團隊，對他進行網路會診。

對於所謂的專家級別治療團隊會如何治療自己，周子慕不怎麼關注，這幾天，他的注意力都用來觀察李華盛夫婦的表現。

無論是李華盛嚴肅中帶著些許複雜情緒的雙眼，還是張馨瑜那淚水漣漣、充滿憂傷，卻隱含一絲厭惡的表情，都讓他覺得事情沒那麼簡單。

白天躺在病床上，聽著張馨瑜那好似無盡頭的關懷話語，或者和沉默無言的李華盛默然相對，周子慕都表現出一個正常人該有的情緒，緊張、歡欣和期待。然而到了晚上，他卻是看著窗外透進來的月光，整宿都合不了眼。

他在想很多事，想他究竟還要在這裡待多久？想李華盛夫婦為什麼到現在才找到他？想他的腿還究竟有沒有可能治好？

而其中，盤桓在他腦內久久不去的一個念頭，卻讓他精神始終亢奮著，如臨大敵般睡不著覺。

——李華盛夫婦究竟是不是真的為了治療他的腿才送他進醫院，他們有沒有別的圖謀？

如果有，他們想要從他身上奪得些什麼？為什麼要奪走這些，為了誰奪走這些？

這一切周子慕目前還不知道，但並不意味著之後他依然會不知道。只要繼續保持聽話的模樣待在醫院，就能接觸到更多祕密，瞭解更多內幕，每當思及此，他心底就有一種壓抑不住的興奮。

是的，興奮！

他猜測李華盛夫婦背著他在策劃某件事，他也認為這個猜測不是沒有道理的。最讓他雀躍期待的是，有朝一日在李華盛夫婦面前戳穿這層陰謀，他要看見他們臉上的驚訝與錯愕！

月色下，躺在病床上的周子慕緩緩笑了。

那笑容顯得有幾分扭曲陰森。

月華初落。

周子慕躺床上睡著時，王晨和威廉才風塵僕僕地回到郊區別墅。

快進門時，威廉突然開口：「殿下，除魔組……」

他的話還沒說完，就被一陣異響打斷。大門被一股巨力推開，一個影子迅速衝到他們身前。

王晨看都不看一眼，直接伸手擋下，冷笑。

「捨得回來了？」

「嗚嗚嗚啊嗚嗚……」

只見他手中抓著一個高不足半尺的人偶，渾身破爛，露出底下髒汙的木頭紋路，卻栩栩如生，舉手投足都宛若活人。

此時被王晨抓在手中的木偶滿眼委屈，然而它一開口，說出來的都是聽不懂的雜音。

王晨皺眉，「說魔話。」

下一秒，一道異常熟悉的聒噪聲音便在他腦中響起。

「我死得好慘啊，老大，我冤枉啊！那傢伙太沒人性，他一句話都沒說就殺了我啊，我不想活了，嗚嗚嗚。」

意念裡傳來劉濤的聲音，與用人類軀體開口說話時略有不同。

「你本來就已經死了，不，是半死不活。」王晨笑著看他，「我早就提醒過你，對方不是一般人。」

「我哪知道他根本不是人啊！」木偶委屈道。

「現在信了？不僅他不是人，連你也不是。」王晨說罷，神色一變，「說吧，你靈魂出竅這半天不知所蹤，有什麼收穫？」

說到這裡，木偶劉濤原本萎靡的神色不見，畫出來的五官隱約露出興奮神情。

「有！我跟著害我的那個人，呸，我跟著那個不人不鬼的傢伙，雖然沒有找到他藏身的地方，但是我終於知道他為何會出現在那個社區了！」

王晨挑眉，他本就不指望劉濤能找出姬玄的大本營，不過，若是找出姬玄盯上的人類，也算是大功一件。

「說。」

劉濤道：「因為一個人，一個老婆婆！我悄悄跟著他，發現他一天之內竟然去了那社區三次，都是去見那個老太婆。」

接著他又說：「嘿，你說這傢伙是不是搞忘年戀？口味有點重啊。」

砰！人偶被王晨一巴掌拍在了牆上。

Chapter 8

劬勞（八）

老婆婆，一個姓張的老婆婆。

這就是王晨得到的情報，經過確認後，這個老婦人，應該就是姬玄這次獵捕的對象。他立刻動身，去找除魔組收穫更多的情報。

張素芬和姬玄還不知道自己已經被一群人和魔盯上。其實他們的相遇，只源於一場意外。因為這個意外，姬玄找到了他的獵物，而張素芬也將這個不懷好意的魔物當作一個聊以解憂的年輕人，時常請他來家裡做客。

木偶劉濤收集到情報的那天，正是姬玄又一次上門拜訪張素芬的時候。

「怎麼樣？我的手藝還不錯吧。」

張素芬放下皺巴巴的抹布，一邊收拾碗筷一邊問。

在不常有人陪伴的時候，這個寡言年輕人的探望，對她來說就像過節一樣快樂。每次這客人來，她都盡量做些好吃的。

那道旁人看不見的影子回答她，「沒有什麼味道。」

人類的食物對於姬玄來說既不能填飽肚子，也不美味，自然就實話實說。

「都是些鹹菜泡飯，你自然不喜歡。我知道，現在年輕人的嘴都刁著呢！」

張素芬沒有生氣，卻笑咪咪道：「明天你還來嗎？明天來，我就做頓好吃的。」

姬玄看著這間空蕩蕩的屋子，一桌一床，幾把舊椅，這麼破舊得地方似乎不值得他一而再、再而三地造訪。就算是為了讓獵物一步步走入陷阱，也沒必要配合做這些。

然而不知想到了什麼，他並沒有出聲拒絕。

張素芬繼續蹲在地上洗碗，不透風的房間內，響著她唰唰洗碗的水聲。影子不知道什麼時候離開了，或許，他一開始就從未真正出現過。

姬玄離開後，張素芬一個人繼續忙著做家務，直到有人敲響了門。

「張素芬在家嗎？」

「哎哎，我在。」張素芬收拾乾淨，連忙跑去開門，卻看到兩位衣裝革履的陌生人。

這兩人似乎與一般人不同，頗有威儀，看見她便退後一步，從身後帶出一封信件模樣的東西。

「請收下。」那人將信封遞出來，目光中似乎有不忍。

「這是什麼？」張素芬疑惑道。

「法院傳票。」對方公事公辦道：「由於您和您兒子關於房屋所有權的問題，一直沒有解決，張如海已經作為原告，就這座房屋的產權爭議正式起訴您。請在傳票送達的五天內……」

轟隆一聲，彷彿晴天霹靂，張素芬呆愣在原地半晌。

五十年前，她的大女兒因為饑餓死在饑荒中，她費心費力養活剩下的兩個孩子，而如今等來的卻是一紙傳票。這就是命嗎？

張老太握著傳票，伸出手，輕輕地觸摸著胸前的吊墜。那裡，有她早年餓死的女兒的一部分骨灰。

早夭的長女雖然已逝，卻一直以這樣的形式陪伴在母親身邊；而費盡精力餵養大的兒子，卻將老母親遺忘到腦後，如今更是一紙訴狀將她告上法庭。

這就是命啊。活著的人留不住，死去的人卻一直陪在身邊。

在人類看不到的某處，姬玄看著這一幕，靜靜掀起嘴角。

人類啊，似乎心中總是充滿希望與愛，然而引誘著魔物的，卻是他們的愛轉化為恨的那一刻。那時，山可傾倒，海可覆滅。

——卻是魔物豐收之時。

此刻，張素芬被親生兒子逼上絕路，周子慕等待著揭露親生父母的真相。無論是姬玄還是貝希摩斯，都在等待著他們的收穫。

而王晨，也在翻看著他的最新收穫。

收到劉濤帶回來的情報後，王晨就開始調查一切關於姬玄獵物的資訊。有除魔組相助，他很快就瞭解了對方的身分。

張素芬，早年喪夫，中年喪女，如今還有一兒一女，卻都不在身邊贍養，更有甚者……

王晨眼睛一瞇，看到的正是關於張如海起訴張素芬的消息。除魔組上面有人，連最新消息也可以第一時間搞到手。此時小殿下就坐在客廳的沙發上，看著手中的兩份資料，一份關於周子慕，一份關於張素芬，他托腮思考。

「情況有點熟悉啊。」王晨喃喃道：「都是父母倫常，都快反目成仇，周子慕那邊情況還不明瞭，但是張素芬這邊形勢卻已經危險了。」

威廉頷首認可，「張素芬雖然是沒有力量的衰老人類，但從她早年的經歷來看，她性格內斂堅毅，一旦被逼到極點，姬玄再利用魔氣引誘，墮落不過是早晚的事。」

「貝希摩斯那邊才剛剛開始，周子慕的進展稍慢。這對我們來說是件好事，可是對貝希摩斯來說，她落後姬玄太多了。」王晨想，「姬玄果然不一般。」

威廉道：「他是後起之秀。用 Jean 的話說，有色欲君王做他後臺，自身又能力出眾，的確是個不可小覷的人物。而比起貝希摩斯，姬玄同為魔物候選人，更是我們的勁敵。」他皺了下眉，似乎在思考怎麼對付這個大敵。

王晨問道：「像姬玄那樣實力的候選人，還有很多個嗎？」

「不多，同年齡的更是幾乎沒有。不，據我所知，有一位與他實力相當，但是個十分狡猾的魔物。他並不是候選人之一，如非必要，我並不建議您和他接觸。」

聽威廉這麼說，王晨反而來了興致，「是誰，他的名字？」

「是一名為莫爾西斯的魔物，我對他的瞭解並不多。」威廉眼神閃了閃，「魔物傳言，他喜好玩弄自己的獵物與對手，在沒有絕對的把握之前，不會露出一絲一毫的敵意，而一旦決定下手，就絕不會失敗。即便在魔物中，也沒有比他更加狡詐的獵手，更不用說與人類相比。」

「聽起來似乎是個很厲害的魔物。」王晨轉了轉眸，半晌反駁道：「不過，威廉，你這最後半句話我可不能贊同。要知道，人類很有趣，各種各樣的人都存在。」

他像是想起了誰，微笑，「說不定就有這麼一個人，他比莫爾西斯更能隱忍，更狡猾，更能克制自己。就比如——」他晃了晃手中的一份資料，不言而喻。

被王晨評價為比莫爾西斯更會隱忍的人物之一，幾乎等於被半監禁在醫院的周子慕，正開著電腦聊天中。而唯一願意和他交談的傢伙，還是那隻懶豬。在被戲弄了無數次後，對方終於忍無可忍。

懶豬：我實在很好奇，為什麼你有這麼多時間煩我，你很閒嗎？

十缺九損：很閒啊。

懶豬：那你自己出門找樂子，別總來煩我。

十缺九損：我現在不能出門，只能煩你。

懶豬：……你被關起來了？

十缺九損：不僅被關起來了，還被限制了自由，不能隨意出入。

懶豬：聽起來好像很慘，那你有沒有想過越獄？

周子慕好笑，別說他現在是在醫院，就算真的是在監獄，憑他這副身體又能做出什麼來？然而下一秒，他卻想到了什麼，眼神中泛出異樣的光彩。

十缺九損：感謝你的建議！我現在就去試試。

懶豬：試試？試什麼？

十缺九損：越獄。

木偶愣愣地看著對方黑掉的頭像，傻傻地想，他真的越獄去了？不會吧，有這麼衝動嗎？等等，萬一出了事不會牽累到自己頭上吧？

旁邊傳來一個人似笑非笑的聲音，「既然你這麼擔心，要不要去看看他？」

身殘志堅，哪怕變成木偶都不忘上網的劉濤聞言一愣，僵硬地轉過自己的腦袋，回頭看去。

「老大！我、我沒在偷懶！」

剛才還在與魔物管家商談的王晨，不知何時走到了木偶身後。看著木偶短小的手在電腦上打出的聊天紀錄，他呢喃道：「看來周子慕這邊有所行動了。」

威廉：「果然如您所說，這個人類比起被別人掌控，更喜歡自己控制局面。」

「所以我們不能坐以待斃。」

劉濤聽得懵懵懂懂。關於周子慕的事，他至今還只把對方當作單純的網友，絲毫沒意識到自己的雇主，早就把心思打到對方身上了。

和威廉對視一眼，看見彼此眼裡的心照不宣，王晨轉過身，拍了拍木偶的肩膀。

「鑒於上次任務你完成得不錯，我又有一個任務交給你。去監視這個十缺九損，我會把他的地址告訴你。」

「哎，可是我……」

「你還想不想為自己報仇？想不想知道，毀了你肉身的究竟是什麼人？」

木偶有點心動。

「這個人。」王晨指著周子慕暗下來的頭像，「你的網友十缺九損，平常總是鄙視你的傢伙，現在正處於水深火熱之中，很可能下一秒就沒了性命。劉濤，我問你，現在有一個改變一直鄙夷你的人對你的看法，讓他崇拜你、甚至膜拜你的機會放在你面前，你去還是不去？」他壓低聲音蠱惑著。

「去！」人偶滿眼冒星星，「可是……可我現在這個樣子怎麼出去？」

「放心，你的身體很快就會修好，到時候你就用人類的身體前往他身邊。」

他掀起嘴角，「這次任務，只需成功不許失敗。」

人偶咕咚咽了口不存在的口水，總覺得又有不好的預感。

「那、那老大你呢？」

「我？」王晨神祕一笑，拿起另一疊資料，「當然是有別的事做。」

關上電腦的周子慕安靜坐在屋內。周圍死寂一片，這沉寂的空氣又讓他聯想到幼時，他總是一人待在屋內。那時候，記憶中印象最深刻的，就是漆黑的牆角，以及永遠不會照進屋裡的陽光。

這一切，就是他有記憶來所看到的世界。

他是個殘廢，一個沒用的人。這些事情，年幼的周子慕早就從周圍人同情憐憫、厭惡嫌棄的目光中發現了。而且他生活在一個貧窮的家庭，這一輩子更不要想有什麼出路。

他看似平靜地接受了這一切，沒有抵抗，選擇承受，然而作為一個二十出頭的年輕人，心中終究還是不甘。

為什麼是我？為什麼偏偏是我！

懂事以後，他開始明白這世界本來就是不公的。快樂的人依舊快樂，不幸的人永遠不幸。就算天上掉餡餅，大多數時候其背後掩藏的卻是陷阱。

所以，即便現在親生父母找上門來，承諾治好他的腿，給予他新的生活，周子慕的本能也在提醒他要警惕，因為他不知道在這美好的假象下，是否藏著足以毀滅他的危險。

幾天觀察下來，從所謂親生父母的表現來看，他幾乎可以肯定他們的行為背後別有所圖。

果然是這樣。周子慕並不失望，或者說早已了然。

然而他就這樣任人魚肉了嗎？他能做些什麼呢？想了許久，周子慕終於想通，既然他不幸，那就讓更多的人一起不幸，與他一道跌入這永無止境的黑色漩渦。

想起那個剛剛策劃出的主意，周子慕嘴角不由有了笑意。

他這幾天一直在觀察周圍的人，但是收穫甚少，對於李華盛夫婦的真正目的，他還是沒有摸出線索。

無論是李華盛還是張馨瑜，都只在他面前表現出他們願意顯現出的一面，溫情和關愛。而這些，並不是周子慕想看到的，他想要撕開這些假面，看清楚這些人最真實的一面。

現在，他終於有了一個可以觀察所有人最直接情緒的好辦法，那就是——失蹤。

一個下身不遂的人想要從眾人面前抹去蹤跡，聽起來是天方夜譚，但是其實非常簡單，簡單到，當一個小時後，巡房的護士看見周子慕空空蕩蕩的病床，和動也沒有動一下的輪椅時，直接發出了一聲尖叫！

周子慕就這樣消失不見，從所有人眼裡。

而最先得知失蹤消息的，不是他親生父母，也不是王晨和威廉，而是一直負責監視他的除魔組。

「周子慕不在醫院的監視範圍內了？」

接到情報，韓瑟對於情況感到十分意外。

「是的，我們的人沒有看到他從醫院出來，他應該還在院內，但現在卻沒人能找到他。」俞銘說。

「是貝希摩斯做了手腳嗎？」元亮問。

「不，沒有感應到魔氣，應該不是魔物從中作梗。」韓瑟說：「還有一種可能……」

「那就是他自己跑了。」

一個聲音從門外傳來，擋住了屋外照射進來的光線。韓瑟循聲望去，不易察覺地皺了下眉。

「嚴組長！」俞銘看向來人，「你不是去醫院了嗎？」

他們之前聯繫嚴懷，哪想到這傢伙自己先跑到第一醫院門口，搶先進去調查了，沒想到這人擅自行動之後，現在又自己找到路回來。當然，和本地的除魔組成員聯繫上了，對於嚴懷來說，找到基地再簡單不過。

「你剛才說監視對象可能自己跑了，是什麼意思？」韓瑟問。

「字面上的意思。一個不該消失的人消失了，如果沒有外力介入，在排除其他可能性的時候，最不可能的一種也就成為了可能——是他自己選擇離開。」嚴懷說著，絲毫不見外地搶過韓瑟手裡的情報，「我去醫院調查過這次的目標，他可不是那種任人揉捏的傢伙。而且——」說到這裡，他皺了皺眉，「那裡的魔氣實在太濃郁了，盯上他的魔物究竟是誰？」

說到這裡，嚴懷腦海裡突然閃過一個黑裙女孩的身影，卻覺得不太可能，搖了搖頭，將想法驅逐出腦海。

「你很快就會知道了。」韓瑟向他身後看了兩眼，沒看到想像中的東西有些失望。「某人不是來支援的嗎，怎麼體現不出支援的價值呢？」

作為科研組的組長，嚴懷最大的價值就在於他新開發出來的武器。

嚴懷揚起嘴角，「你會見到的。現在，誰來給我說說這個周子慕的其他情況？」

元亮立刻上前一步，「我來我來！嚴組長，這個周子慕可是個大案子，與我們最近調查到的兩個高等級魔物有關……」

他大概說了情況，省略與王晨等結盟的部分，將除魔組目前搜集到的所有資訊交代完畢，然後眼巴巴地看向嚴懷。

「貝希摩斯。」嚴懷喃喃唸著這個名字，總覺得某個預感幾乎快成真了。

「怎麼了？」韓瑟奇怪地看著他，「你見過這個魔物？聽說它的外形是人類女孩的模樣，很容易瞞過一般人的耳目。」

覺得自己像是被瞞過的一般人的嚴懷：「……」

「總之，貝希摩斯與姬玄不是容易對付的角色。」嚴懷咳嗽一聲，「你們準備怎麼解決？是用他作誘餌，還是先行清理？」

韓瑟說：「盯上周子慕的是貝希摩斯，實力遠超我們預估，用誘餌戰術的話風險很大。」

「那就是提前清理？」嚴懷瞇起了眼睛。

在除魔組的任務計畫中，如果他們發現被魔物盯上的人類無法救治，又無法作為誘餌反捕獵，就會實行清理計畫。

所謂的清理計畫，就是將可能墮落的人類從魔物的視線中永遠剔除。而目前魔物藏在人類社會的每個角落，要防止有墮落危險的人類被魔物引誘，將他們隔離出人類社會是唯一的方法。換句話說，就是終身監禁。

就像是被宣布無期徒刑的犯人，永遠被這個世界排斥在外。

「不。」韓瑟否定道：「我還打算試一試誘餌計畫。」

「那可是貝希摩斯！與嫉妒之君主利維坦同時期的史前巨獸！」嚴懷不贊同，「誘餌計畫很可能讓我們賠了夫人又折兵，而且周子慕已經是處於極度危險狀態，這樣的人就算這次不被引誘墮落，下次也會。隔離他才是最好的方法。」

「是嗎？」韓瑟笑了，「我不認同。在我看來，周子慕的確很危險，但卻不是無藥可救。」

嚴懷剛想出口否定他，突然想到前幾次自己在韓瑟手中吃的虧。這個狡猾的傢伙，如果沒有十分的把握，是不會說出這樣信誓旦旦的話。

「難道你掌握了什麼我不知道的情報？」嚴懷斜眼瞅他。

「只是一點點猜想……」韓瑟想到什麼，突然嘆了口氣。「大概是感同身受吧。」

感同身受，什麼意思？嚴懷十分疑惑地看著他。

「看到周子慕，會讓你想起哪個熟悉的人嗎？」他問。

這一次，韓瑟卻沉默了。

直到嚴懷幾乎都快以為他不會回答自己時，韓瑟的聲音才穿透空氣傳了過來。

「沒什麼，只是想起了一個很久沒有回家的小子。」

Chapter 9

劬勞（九）

「哈啾！」

王晨揉了揉鼻子，感覺癢癢的。

在劉濤出門尋找周子慕後，他們也開始了自己的行動。只是還沒來到目的地，王晨就連打好幾個噴嚏，這不由讓他猜想難道自己是感冒了？

身旁的威廉彷彿能猜到他的心思，淡淡道：「魔物從不生病，殿下，您又忘記自己的身分了。」

在最開始接受自己的魔物身分時，王晨經常會出現混亂，分不清自己是人類，還是魔物。不過在經歷了這麼多事件後，他已經不會再犯這樣的初級錯誤了。

只不過，也許是今天的天色，讓他想起了過去的事——自己還是人類時的事。

「快過年了，威廉。」王晨突然開口道：「對人類來說，年末就是闔家歡聚的日子。」

「對魔物來說毫無意義。」威廉冷冷道。

「是啊，是啊。」王晨聳肩，「不過你不能否認，威廉，這就是我們為什麼會出現在這裡。」

他們現在站在劉濤遭遇姬玄的那個社區門口，正準備進入搜尋線索。年關將近，家家戶戶都闔家團圓，然而對於張素芬來說，等待她的卻是法院送來的一紙訴書。換做任何人，此時的心緒肯定都是激動難平的，而對於任何魔物來說，他們絕不會放過這樣引誘獵物墮落的機會。

王晨有百分之百的把握，姬玄會在這幾天出手，所以他們選擇到這裡來守株待兔。跨進社區門口時，王晨突然想起了收集到的所有關於張素芬的情報。

這是一個境遇坎坷的老人，她經歷過最難熬也最泯滅人性的一段時期，在那個時候，甚至有不少人曾因為饑餓而易子而食。

這張素芬，是不是也吃過，或者給別人吃過人肉呢？

「這是什麼肉？」

姬玄看著碗裡成塊狀的不明物體問。

「啊。」張老太好像失神了一會，須臾才回答他，「是雞肉啊，你總不會連雞肉都沒吃過吧？」

姬玄深色的眼睛打量了她好久，才點了點頭，「的確沒有。」

魔物只以人類靈魂為食，他連人肉都不吃，怎麼會吃雞肉呢？

張素芬看他的目光一下子由疑惑變成憐憫，「可憐的孩子，那你平時都吃些什麼？」

姬玄仔細想了想，回答：「遇到什麼就吃什麼。」

這個世界上擁有負面情緒的人很多，他沒必要特地去找，頂多有時候為了打發時間而玩玩搶奪獵物的遊戲，但也只在閒得無聊時才那麼做。

偶爾，姬玄也喜歡順便指點一些「迷惘」的人類，等他們日後慢慢蛻變成美味的食物。不過總的來說，作為一位頗有實力的候選人，姬玄是絕對不缺食物的。

可他的那句遇到什麼吃什麼，明顯被張素芬誤會了。老婆婆以為姬玄過著只能勉強糊口的悲慘日子，頓時更加憐憫他了。

「有什麼吃什麼，這人被逼急了，連人肉都肯吃啊。」她不知想起了什麼，眼神一下子放空，過了好久才回神，憐愛地看向姬玄，「小姬，不嫌棄的話，你以後就每天來我這裡吃吧。我一個老太婆多養一張嘴還是養得起的。年輕的時候，再窮不也還是養活了兩個孩子？」

被那個愛稱噎了好久，姬玄差點沒喘過氣，許久才找回自己的聲音，卻是意味深長地問：「我到妳這裡來吃飯，那妳自己的孩子呢？」

張素芬沉默了一下，「孩子們長大成家啦，當然是搬出去了。」

「哦？他們不來看妳？」魔物們都喜歡故意往傷口上撒鹽。

張素芬卻裝作不在意道：「來不來看我這老太婆都沒關係，反正已經是要入土的人了，麻煩他們幹什麼呢？」

「可是我看經常見妳一個人坐在院子裡。」姬玄肯定道：「一定很寂寞。」

「什麼寂寞不寂寞？只是人年紀大了，老是東想西想。」張素芬失笑道，「不過我有人陪，我大閨女兒一直陪著我呢。」她摸了摸掛在身上的吊墜，笑得一臉皺紋。「有閨女一直陪著我就好了。」

姬玄突然感到一種無由的氣餒，他明明已經逼到這個地步，甚至不惜利用各種手段，深化母子之間的矛盾，讓張如海起訴自己的母親，親手送張素芬一步步走入絕境。

他本以為再次來到這裡時，會看到一個絕望墮落的靈魂，然而在這個老年女人身上，姬玄除了感覺到了深深的孤獨，再沒有其他，彷彿無論怎麼煽動，都無法讓她跳入設好的陷阱中。

甚至，在談論起她早死的大女兒時，這個人類竟然還產生了一種讓他想躲避的感情。

魔物們討厭正面情感，不，是除了王晨以外的魔物都討厭正面情感。

姬玄在張素芬這裡吃了一個不大不小的癟後，決定還是先行離開。他到帝都來，可不單單是為了陪這個人類玩遊戲。

「要走了？」見他要走，張素芬連忙問：「明天還來不來啊？」

姬玄頓了一下，「來。」

在這個人類墮落前，他會一直來。而他確信，自己一定會有結果的。

剛走出張素芬家，姬玄就感應到了沉重的壓迫感，像是有人懸著一把利劍，高高掛在他頭頂。被壓迫的感覺如寒風壓境，迎面而來。

姬玄皺眉，看向社區入口的方向。

是誰？

待他察覺出對方的氣息後，又是一陣錯愕。

竟然是他！

姬玄腦海裡浮現出一個年輕的人影，明明看起來不堪一擊，卻已經接二連三地挫敗了魔物們的計畫，甚至連利維坦都吃了虧。

王晨，這一屆的魔王候選人之一，自己的競爭對手。

想起出發前利維坦對自己的提醒，姬玄嘴角掛起一個若有若無的冷笑。

想要抓我，那就看看你有沒有這個本事。

下一秒，他的身影憑空消失在了空氣中。

正走在路上的王晨腳步突然停了下來，回頭看向威廉，只見魔物管家正望向天空，眼中看不清的情緒在沉澱。

「感覺到什麼了嗎？是他？」王晨問。

他們都知道，這個「他」指的是誰。

「在那一瞬間感應到了他的氣息，但是下一秒就消失了。」威廉說：「應該是類似時空移動之類的能力。」

王晨好奇地睜大了眼睛，「瞬移？和我的能力比起來，哪個更厲害？」

「沒有誰能與您相提並論。」威廉道。

王晨苦笑，「你真是……算了，看來姬玄已經不在這了，我們還要不要……」

話還沒說完，手機鈴聲響起，掏出來一看，他的表情頓時變得有些古怪。

威廉關心道：「怎麼了，殿下？」

「是除魔組。」王晨喃喃，「我給了他們聯繫方式，沒想到他們真的會找我。」

「可以接嗎？」他抬頭看向威廉。

魔物管家微微挑了挑眉，「應該是有急事，請接吧。」

王晨鬆了口氣，威廉一向不喜歡他和除魔組有太多接觸，不過這次也是逼不得已嘛。

「喂。」他接通電話。「……你說什麼，怎麼可能？等等，我馬上就到。」

掛了電話，王晨的臉色難得凝重。

即便是心性平穩如古井的威廉，此時也感到了一絲好奇，問：「發生什麼事？」

王晨深吸一口氣。

「周子慕真的『越獄』了。現在只希望，劉濤真能在我們所有人之前找到他吧。」

Chapter 10

劬勞（十）

周子慕不見了。

這個消息傳開後，不僅在人類中，也在魔物中引起了不小的騷動。許多勢力都蠢蠢欲動，因為一個渺小人類的舉動，再次掀起波瀾。

幾乎所有人在發現周子慕不見後，都認為他是被人綁走了。李華盛看見空無一人的病房，臉當下就黑了，而張馨瑜則是索性自己也嚇暈住院。

一大幫人急匆匆地望了眼空無一人的病房，也沒再多待，便四處去尋人。聯絡人事的聯絡，找人的找人，忙得不可開交。而等慌亂的人群都離開之後，原本喧騰起來的病房又寂靜下去。

窗簾拉得嚴嚴實實，外面的陽光透不進半點，整個房間瀰漫著一股陰森森的味道。

差不多半小時後，連巡房的護士都不會再從這間病房門口經過，只有鐘上不停走動的秒針，時時地發出喀噠聲。一聲，一聲，又一聲，好似要敲進人心裡。

床下突然傳來窸窸窣窣的響聲，這聲音極不引人注意，輕微得幾不可聞。直到過了好一會，聲音才稍大起來，一隻慘白的手從病床下伸出，看起來就好像是索命的幽魂。

接著便是一整隻手臂，然後是半個肩膀，等到這個人用雙手匍匐在地，將自己的整個身子都拖出來後，才發現他竟是失蹤的周子慕！

本就蒼白的臉色，此時更加白得透青，他緊咬著唇，額間青筋暴露，可見在隱忍著極大的痛苦。然而在這等劇痛之下，他因疼痛而扭曲的臉上竟然還帶著一絲笑意，一絲真正暢快的笑意！

只有周子慕自己知道，他現在的心情有多麼雀躍！

他掰著自己的雙腿，把自己掛在床下的橫杠上數個小時，幾乎痛得就要昏厥過去，為的就是瞞過所有人的眼睛。

折磨自己，驚嚇別人，只為調查自己的親生父母，有耐心、有毅力做這些事情的周子慕，心理怕是早就不似常人。而現在，確認不會有人進房後，他才像殭屍一樣從床下爬出來，拿起旁邊的筆記型電腦。

想知道一個人對自己的兒子究竟懷著什麼心態，最好的方法，就是去看他在事發後第一時間做了些什麼。

周子慕在鍵盤上敲擊了一會，調出醫院的監視畫面。看他手法，顯然已經不是第一回幹這種入侵系統的事。這一手不為人知的駭客本事，便是他隱藏的最大祕密。

監視畫面內，只看到李華盛臉色不豫地離開病房，卻沒有第一時間去找人，而是向院長室走去。監視畫面上的時間顯示，他足足在院長室待了半個多小時才離開，接著便去張馨瑜休息的房間，沒有再離開醫院。

看到這裡，周子慕嘴上掛起一抹冷笑。

連自己親生兒子失蹤，這人都能如此沉著冷靜地處理，有心思去和院長密談，有時間看望妻子，卻偏偏沒有時間去關注一下兒子的情況。

或許他是全權交給部下處理，可這也看出李華盛其實不怎麼掛心周子慕。那麼這幾天他裝出一副憂心關心的模樣，究竟是為何？

周子慕十指翻飛，在網上搜尋李家的消息。李華盛不是什麼大名人，網路上只有一些無關緊要的消息，但周子慕還是搜尋到了蛛絲馬跡。

他搜到了一個關鍵人物！

李明儀，李華盛之子，半年前病重，住的正是N市第一醫院。

看見這一行文字的瞬間，周子慕先是心涼了半截，接著便鬆了一口氣。他眼中閃過光芒，繼續調查李明儀的資訊，直到情況一點一滴顯現眼前，他嘴角的笑紋越擴越大。

有趣，真是有趣。

李明儀年紀在他之後，長相和李華盛夫妻倆像是一個模子刻出來的，正是他親生弟弟。

兄弟倆生長環境卻如此天差地別，猶如雲泥。一個還在襁褓中便被拋棄，處境困頓；另一個從小就是天之驕子，生活優渥。

而前後不到半年時間，兄弟倆都住進同一家醫院。

如果真是巧合，豈不有趣？

然而周子慕搜索到的資訊告訴他，這絕對不是巧合。

資料上顯示李明儀半年前重病的原因，是後天性的心臟衰竭，除非能換一顆心臟，否則藥石罔效。而偏偏在這時候，李華盛去尋找遺失多年的長子，並把長子安排進同一家醫院。他真的是想治好周子慕嗎？還是說，他想要的其實只是周子慕的心臟？

這些久歷商場的狠角色有什麼事做不出來的？就算同為親子，看他們的態度就知道，李明儀的地位顯然不是周子慕可以比擬的。看來這對夫妻找上門的目的，十有八九就是為了他這顆心臟了。

周子慕冷笑一聲，按上自己的心口，沒想到自己這個廢物竟然還有一點利用價值。只不過，若李華盛真是抱著給次子換心的意圖把他找來，他們打算得未免也太過簡單。

他周子慕是那麼軟弱好欺的嗎？李家想要這顆心臟，也得問他肯不肯給！

對周子慕來說，李華盛的所作所為並不能讓他傷心，反而勾起了他掩藏在心中的一絲血性。他倒要看看，最後究竟是李家如願得到他的心臟，還是他周子慕讓他們賠了夫人又折兵！

正在他興致勃勃想著該如何進一步挖掘消息時，黑暗中悄無聲息地伸出一雙手，輕輕拍了拍周子慕的肩膀。

一個全神貫注的人，哪怕膽量再大也差點被這「神來之手」嚇出魂來，他差點以為自己被人發現了！

誰？

周子慕還沒來得及出聲，不速之客搶先說話了。

「終於找到你了！快找死我。」

聽見這個聲音，周子慕詫異地望向黑暗中的那人。

中等個子，普通樣貌，笑起來就是個開朗的年輕人，而他下一句話，卻讓周子慕驀地心沉下來。

「怎麼樣，看你現在這副模樣，好像越獄還沒成功嘛。」

「……懶豬？」

「是我！」劉濤笑咪咪道。

他收到王晨的命令出發前來尋找周子慕，在所有人都被假象蒙混過去時，只有他憑著靈敏的鼻子，準確嗅到了周子慕的氣味。當然這裡的氣味，並不是指一般人所能聞到的味道。

在這一特殊能力上，劉濤當之無愧獵犬的名號。這也讓他成為第一個發現周子慕這齣木馬計的人。

「你來幹什麼？」

周子慕瞇著眼，沒有問對方是怎麼找到他，又是怎麼知道他的真實身分之類的問題。因為他知道，既然對方有能力出現在這裡，如果他不想說，自己問再多也是枉然。

劉濤不理解他此時複雜的心思，只是笑：「來找你啊。我剛才從外面來，就看見很多人在找你，現在只要我叫一聲，所有人都會知道其實你還藏在原來的地方。」

周子慕沉默不語，只是直直盯著他。他不清楚，這人的目的是什麼？

劉濤繼續道：「你為什麼要躲著他們？」

周子慕不答。

「你和他們有仇？還是他們要對你不利？」

劉濤接連問了許多問題，但是周子慕一句話都沒再開口。

在不知道敵人的真面目和手段前，他不想暴露自己的任何訊息。這個突然出現的「懶豬」，現在已經不是他網路上的朋友，而是一個可能威脅到他的人。

問了許久，劉濤有些失望道：「你怎麼和網上聊天時那麼不一樣，一點都不有趣。」

周子慕終於出聲：「你也不一樣。」

「哦，怎麼不一樣？」

「在網上的時候，你簡單易怒，十分容易控制。而現在的你，我看不透。」

周子慕目光灼灼地看著劉濤，「我不知道你是誰，有什麼目的。」

「我只是你的一個朋友，來幫你的啊。」劉濤笑呵呵道。

「我不覺得我有讓你幫助的理由。」

「真是讓人傷心，雖然你總是在聊天的時候惹我生氣，我這次倒是想真正幫你一把。」劉濤說：「哎，好吧好吧，我投降。其實我是奉命來保護你的，知道嗎，有人想要你的命。」

心臟瞬間停了一拍，周子慕微微愣了會兒。那一瞬，腦海中閃過諸多思緒，然而最後，停留在他眼中的卻是深深的黑色。

他輕輕抬眸看向劉濤，幾乎是逼迫著自己的聲音從嗓子裡擠出來。

「為什麼這麼說？」

「不為什麼，因為這是事實。別問我是怎麼知道的，這可不能告訴你。」劉濤當然不會告訴他其實自己是隨口亂掰的。他對王晨為什麼派自己來接近周子慕也是一知半解，不過大概知道，這人身邊並不安全。

周子慕沉默，他不知道自己該不該信這句話，但是不可否認，這個神祕的「懶豬」的出現，讓他心底泛起了一道不一樣的漣漪。

這次原本只準備持續數個小時的「失蹤」，現在有了另一個發展方向。不妨，就利用一下。

他看向劉濤，「你說你會幫我？」

劉濤連連點頭。

「那就帶我離開這裡，不要被任何人發現。」

劉濤眼中閃現出亮光，「綁架？越獄？私奔？」

「……隨便你怎麼想。你敢不敢？」

「敢！這麼有趣的事情，為什麼不做？現在嗎，我就這麼背你出去？」劉濤興奮地問著。

然而他並沒有注意到身前的人正緊握著拳，指尖刺入掌心。一半因為緊張，一半因為興奮。

周子慕的一雙黑眸，盯著未知的前方，眼中滿是濃稠似墨的暗色。

半晌，他低啞著聲音道：「走吧。」

兩人離開後的病房，再次變得寂靜無聲。只有床頭靜靜躺著被周子慕撿到，又再次被他遺忘的那把玩具手槍，孤零零地，塵封在歲月的舊痕裡。

要帶著一個正被眾人大肆尋找的「失蹤者」離開醫院不是一件容易事，就連周子慕也這麼認為。

他心裡有幾個主意，正猶豫著要不要告訴劉濤，就見對方猛地把一件衣服罩在他頭上，將人背起就大剌剌地向醫院門口走去，一邊走還一邊喊：「讓一讓，讓一讓啊！」

旁人驚詫地望過來，周子慕注意到門邊李華盛的幾個屬下也向這邊看來，心下一緊。

劉濤急匆匆地抱著人向門口走去。

「出什麼事啦，這麼急？」有幾個好事的人問。

「你背上背的是病人嗎，來看病的？」

周子慕並沒有穿病服，所以外人不知道他是個住院的，只以為是來看病的病人。

劉濤語氣悲憤，「看個屁病！這裡醫生不給看，說沒得治了！我不信這個邪，我要帶我弟弟去別家看看！」

有人問是什麼病，劉濤支支吾吾地不肯說，被人纏得久了才不耐煩道：「問那麼多幹什麼，反正又不會傳染給你！」

他不說還好，一說所有人都齊齊退了一步。傳染病啊，和這有關誰還敢再多管閒事？就連原本準備過來查看的李華盛的屬下，此時都有些退避三舍。

劉濤一臉忿忿地看著這些人，「怕什麼怕？就算我家小弟得的是愛滋，也不會傳給你們！」

這下更沒有人敢接近了，劉濤看似惱怒、其實慶幸地背著周子慕向醫院出口走去。

「等等！」一個壯漢突然拉住他，「把衣服掀開。」

說著，就動手去掀衣服。

「幹什麼！」劉濤擋下他：「你怎麼隨便攔下病人，萬一我家小弟感染風寒，有個閃失怎麼辦？」

那壯漢也不傻，冷笑道：「是不是真有病，讓我看一看不就知道了。」

「做人哪有你這麼強詞奪理！」

「不好意思了，我們也是有命在身。」那壯漢絲毫不退卻。「如果不是我們要找的人，我道歉，你們可以立刻離開。可如果是的話……」

剩下的話他沒有說完，但是意思已經表達得很明顯。

周圍人見情勢不對，紛紛散開，只留下幾名黑衣男子包圍住劉濤與周子慕。

被背在背上的周子慕心跳不住加快。他認識這些人，都是李華盛的手下。一旦被認出來，他們休想離開。

這一刻，周子慕萬分痛恨劉濤的莽撞。他的大腦飛速運轉，想著被發現後下一步該怎麼計畫。

「要看也行，不過只能一個人過來看，而且只能看一眼，否則我弟弟要是因此病重了，我不會放過你們的！」劉濤竟然答應了。

這傢伙是真傻還是假傻！周子慕幾乎快氣暈過去。

他呼吸加快，聽到一個人走過來，掀起了外衣。周子慕與那雙眼睛對上，他十分確定對方認出了自己。

「跑……」他提醒的話還沒出口，便見劉濤伸手拍了這人一下。

「怎麼樣，你們認錯人了吧。」劉濤微笑著，看進對方眼裡。

「不是你要找的人，對不對？」

那一瞬間，他的眼睛有片刻變成了木偶時的異色。

而與他對上眼睛的男子，神色迷惘了一會，對同伴揮手道：「的確不是，再去別的地方找。」

其他人見狀，也不再懷疑，劉濤就這樣背著周子慕離開了醫院。

直到確定沒有人跟著，他才一臉得意道：「怎麼樣，是不是很成功？」

的確很成功，誰會想到已經失蹤的周子慕，會以這樣惹人注意的方式出了醫院？

一出醫院，還披著外衣的周子慕就立刻問：「你是怎麼做到的？」

「什麼？」

「剛才那個人，他明明認出我了，你是怎麼讓他說謊的？」

劉濤剛想解釋，只聽著周子慕又涼涼地來了一句。

「你究竟是誰？」

Chapter 11

劬勞（十一）

絕對不正常。

能夠控制人類，讓他做出違背意願的事，絕不是普通人可以做到的。而且因為一個沒有關係的網友，冒著風險做這樣的事，也肯定不是一般人。

周子慕盯著劉濤，幾乎要把他盯出一個洞來。

「哎呀，我不是說了，我是奉命要保護你的嗎？」劉濤一時語塞，又不耐煩道：「你別管那麼多了。」

「奉命保護我？是你的雇主嗎，他知道些什麼？」周子慕緊追不捨。

「反正就是，你現在被很可怕的傢伙盯上了，我要仔細看著你，別被他們搶走。」

很可怕的傢伙？

周子慕下意識覺得不像是在說李華盛，可若是如此，劉濤說的人又會是誰？除了李華盛外，還有別的人盯著他嗎？

不知為何，周子慕突然想起那天半夢半醒間聽到的小女孩的笑聲。至今，那詭異的笑聲還是會讓他不寒而慄。

正得意洋洋的劉濤，突然毫無預兆地停下腳步，「奇怪，怎麼有不好的預感？糟糕！這種感覺好熟悉……」

「什麼？」

周子慕剛想問他，卻覺得呼吸一窒，彷彿有什麼無形的東西正掐著他的喉嚨，讓他無法喘氣。

他看向劉濤，發現對方也是同樣狀態，面色慘白。而在他們周圍的其他人卻都沒有受到影響，相反，還目光異樣地看著這兩個表現奇怪的傢伙。

怎麼回事？

呼吸變得越來越困難。周子慕急促喘著氣，就在下一刻，他看到醫院門口走出一道身影。

那寬大的黑色裙襬隨著步伐輕輕搖晃，猶如綻放在空中的黑色百合。他看不清那人的身影，卻知道自己所感覺到的威懾，正是來自對方。

「想要逃跑嗎？真是學不乖啊。」

嬌柔而熟悉的聲音在識海內想起。

這一次，周子慕從心底感覺到恐怖，他掙扎著想要看清對方的面容，卻只看到一個模糊的人類小女孩面龐……怎麼可能！

還沒待他看清楚，眼前的畫面突然一晃，下一秒，世界扭曲成團，視野一片漆黑。

再回過神時，眼前哪還有什麼小女孩和醫院，周子慕發現自己正趴在一塊碧綠色的草坪上。

「呼，還好還好，跑得及時。」劉濤在他身旁喘氣，「不然被逮住就慘了，我可不想再死一次，多虧有這個護身符。」他手裡握著一個破碎的黑色符文。

劉濤正在慶幸大難不死，突然感覺到一道火辣辣的視線。轉過頭，周子慕目光如炬地盯著他。

「你這麼看著我幹什麼？」劉濤嚇了一跳，後退一步。

「剛才那是什麼？這一切是怎麼回事？你背後的人是誰？你們究竟為什麼找上我？」周子慕問了一大堆問題，最後，深深吸了一口氣。

「你們不是人類？」

劉濤也知道，目前這個狀態敷衍不下去了。他只能咧嘴一笑，「等我老大回來，你就知道了。」

被稱呼為老大的王晨正陷入深深的兩難之中。

醫院裡周子慕突然失蹤不見，而張素芬就近在眼前，究竟是回醫院找人，還是先去尋訪張素芬，真是難以抉擇。

正在他不知道怎麼辦好時，威廉開口了。

「劉濤用掉了護身符。」魔物管家說：「周子慕那邊情況有變，可能是貝希摩斯提前出手了。」

王晨皺眉，「既然這樣……」

「即使這樣，您再趕過去也來不及，而且周子慕有除魔組照看，不如專心於姬玄這邊。」威廉說：「只是，這裡姬玄剛剛離開，我想他肯定做了安排，我們恐怕難以取得情報。」

王晨煩惱地揉了揉太陽穴，「真是麻煩。張素芬這邊我們難以接近，又該怎麼套取情報呢？」他突然眼前一亮，「對了！我不能從她這裡獲取情報，可以從另一邊著手。」

威廉若有所悟，「您是指他的兒子，張如海？」

想起收集的資料上顯示的情報，張如海因房屋產權糾紛起訴他的母親。這兩人之間的恩怨，恐怕就是矛盾的重點。

王晨道：「一個人會起訴自己的生母，肯定有什麼理由，我一定要弄明白這裡面的原因。走，我們換個地方。」

「不去追姬玄了？」威廉問。

「先讓他逍遙一陣吧。」王晨笑了笑，「但是這個賭局的贏家，只會是我。」

決定改變方案後，兩人很快轉移目的地，出現在N市南淮區法院門口。

想要瞭解張如海與張素芬糾紛的具體資訊，在受理他們案件的這家法院無疑是最方便的。

有了威廉的幫助，王晨掩人耳目進入法院，尋找記載有張如海案件的卷宗。

周圍工作的法官彷彿將王晨當作了隱形人，對他的任何行為都沒有反應，這就是魔物能力的好處了。

在翻閱了幾堆卷宗後，手觸碰到下一份檔案時，王晨稍稍頓了一下。

一股強烈的誘惑味道從這些文件裡透露出來，甚至讓他感覺到了一種異樣的饑餓。

那是人類墮落的靈魂，在這裡引誘著他。

不動聲色地壓抑住被勾起的欲望，王晨沉下眼眸，抽出最上面的一份卷宗。

N市南淮區法院

民事卷宗

201X年度N南民初第1023號

案由：房屋產權糾紛。

原告：張如海、張子軒。

被告：張素芬。

王晨仔細地看著封面上的幾個字，然後翻開，厚厚的檔案他用了十幾分鐘才看完，不出意料地收穫了意外的線索。

「原來是這樣，怪不得……」須臾，看完全部案卷的王晨，深深吸了一口氣。怪不得張如海如此心急地想要奪走房子，果然還有別的原因。王晨在原告的兩個名字處徘徊許久，放下卷宗。

張素芬這邊的突破口，他已經找到了。

「殿下。」威廉悄無聲息地出現在身後，一如往常，總是在王晨最需要的時候出現在他身邊。

王晨靜靜地看著他，突然想到一個問題。「威廉，會不會哪一天，你也和我反目成仇？」

魔物沒有回答他，異色的眼眸盯著王晨，反道：「為什麼您這麼問？」

「我只是想，人類這麼多變，一會兒愛、一會兒恨，連親人都能對簿公堂，魔物比人類冷漠得多，應該更加善變才對。」

「您錯了，殿下。」

威廉淡淡道：「正因為我們冷漠，所以我們不善變。愛與恨都是麻煩的事情，魔物沒有這些情緒，自然不會因為愛恨而變動。人類之所以愚蠢，是因為他們沉迷於這些無用的感情。」

王晨看了他好一會，才嘆氣。

「算了，我就知道不該問你這種問題。不過，你還沒有正面回答我——威廉，你究竟會不會背叛我？」

迎視著王晨那雙咄咄逼人的黑眸，威廉沉默許久，「如果您沒有獲得王位。」

王晨輕笑，「真是現實，像是你的理由。」

威廉回：「所以請您務必要登上王座，不要給我背叛您的理由，殿下。」

王晨沉默，隨後低笑兩聲，「……哈哈，放心吧，我不會給你背叛的機會的。」

他越過威廉，加快腳步向外走去，也因此錯過了身後威廉嘴角那一抹細微的弧度。幾不可見，一閃而逝。

雖然和威廉之間發生了一些小插曲，但是絲毫沒有影響到王晨的心情。收集到最關鍵的情報，他一心想著如何好好利用，帶著威廉返回郊外別墅。然而他沒想到，在家裡，還有一份更大的驚喜在等著他。

剛剛進屋，王晨就覺得氣氛不對，空氣中流動著不屬於這裡的其他氣息。他一抬頭，對上一雙帶著詫異的黑色眼睛。

與那雙黑眼睛大眼瞪小眼幾秒後，王晨頭疼道：「劉濤，這是怎麼回事？」

在他面前，另一個目標人物周子慕正坐在客廳沙發上，將兩魔憑空出現的那一幕完全收入眼底。

他怎麼會在這裡？王晨看著劉濤，等著他的說法。

「老大，我可以解釋！」劉濤沒想到他們會以這麼離奇的方式回來，一時之間有點手足無措。「我這完全是為了執行你的命令！」

執行命令執行到把人帶到家裡來了？

王晨狠狠瞪他一眼，還沒說話，現場唯一一個可以說是人類的傢伙開口了。

「我認識你。」周子慕看著王晨，「我們在醫院門口遇過一次，派人監視我的人是你？那次相遇應該也不是巧合吧？」

這回輪到王晨挑眉了，一個照面就分析出這麼多內幕，這個周子慕果然不可小覷。

對於這樣的聰明人，王晨並不討厭。可惜，他看著周子慕身上瀰漫的霧氣，知道他離墮落的深淵又近了一步。

「我也記得你。」王晨笑了笑，「像你這樣讓人印象深刻的傢伙不多。」

「彼此彼此。」

劉濤緊張地插嘴：「老大！人我帶回來了，你看著辦吧。這個傢伙一點都不安分，要不是他吵著要離開醫院，我也不會差點被殺第二次。那個追著我們的傢伙超恐怖，只看一眼就差點嚇壞我，簡直比老大你還可怕。」

聽見劉濤這麼說，王晨倒是有點詫異。

他們遇見貝希摩斯了？對方打算提前出手嗎？

不，周子慕的靈魂還沒有徹底墮落，貝希摩斯不可能這時出手，破壞她與姬玄的賭約。所以原因，應該是在周子慕身上。

「為什麼要離開醫院？」王晨問。

「因為不想待。」周子慕冷笑一聲，「即便我身體有殘缺，也不想待在一個下一秒就會送命的地方。」

「送命？」王晨咀嚼著這個詞。

「你身上並沒有死氣。」進門以後，一直沒開口的威廉出聲了。他冷冷地望著周子慕，道：「雖沒有死氣，但是卻有股屍臭味。你身邊最近有人離世。」

周子慕無謂地聳聳肩，「待在醫院那種地方，哪天沒有幾個病人去世？」

威廉眸光閃動，顯然不以為然，卻沒有解釋。

而此時，周子慕也注意到了威廉。

深邃的五官，輪廓分明，然而在引人矚目的相貌外，更加令人在意的是他身上的氣勢。

這種感覺周子慕最近幾天在李華盛身上感受多了，所以格外敏感。在他看來，那個被懶豬稱為老大的年輕人，或許的確能夠讓在場所有人都聽從他，但是真正掌控著所有人方向的，卻是他身後的男人。

而這個神祕男人和他身前那個年輕人的關係，更是讓他看不透。他們乍看像是簡單的主從關係，年輕人是主，他是僕，但是仔細深究，好像又不是那麼一回事。

周子慕想得有些遠了，等到他回過神來，才發現一屋子的人都在看著自己。

他暗自皺眉，面上卻帶著微笑道：「怎麼了？」

王晨道：「剛才劉濤說你是自己想從醫院逃出來，不想讓你家人找到？」

「是的。」周子慕點頭，「我拜託他帶我出來，是想請他幫……」

「你回去吧。」

周子慕一愣。不只是他，連劉濤都是一愣。

「老大？」

不給他們開口的機會，王晨欲擒故縱道：「我雖然不怕麻煩，但也不喜歡麻煩。你擅自跑出醫院，找你的人八成會把這裡的門檻都踏破。」

周子慕問：「如果我是有不得已的原因呢？」

「哪怕你再有苦衷，你我無親無故，我也沒有幫你的必要。」王晨道。

「那如果能給你好處，你願意幫我嗎？」周子慕鍥而不捨。

他看出來了，這一屋子的人想必都不是普通人，如果能有他們相助，自己說不定能夠更快達成目的。

「你能給我什麼好處？」王晨上上下下打量著周子慕，並沒有避諱他殘疾的雙腿。

被人這樣赤裸裸地打量，周子慕卻沒有絲毫尷尬，而是坦然道：「除了我的性命，你想要從我身上拿走什麼，我都可以答應。」

「性命以外的任何東西？」王晨挑了挑嘴角，總算上鉤了。

「是的，任何。」周子慕回答。

盯著那雙毫不避讓的雙眸，王晨從那雙眼中看見了強烈的野心，以及同樣強烈的求生欲。

瞬間，他又想起剛才收集到的關於張素芬的情報，這個周子慕倒是可以幫上點忙。

想到這裡，他便說：「我答應你，至於我要的報酬，可以事後再提。不過你究竟想要我們幫你做什麼？」

周子慕露出輕鬆的笑容，「不用麻煩你們太多，只需要幫我拖延一會時間。」

「拖延時間？」

「別讓任何人找到我。」周子慕眼中露出笑意，卻讓人絲毫不覺得他是在笑。

「到什麼時候？」王晨問。

「直到他死為止。」

沒錯，直到他的弟弟李明儀，死去為止。

Chapter 12

劬勞（十二）

李明儀是誰？

明事，知儀。

他是一個錦衣玉食養大的孩子，也是從小接受嚴格教養培育的接班人。他驕傲但不跋扈，沉靜但不冷漠，在所有人眼裡，無疑是一個大有前途的年輕人。

然而沒有人知道，在這樣一個無所不有、令人豔羨的公子哥心底，卻還藏著一個最深的祕密。那個小祕密，像那把塵封在箱底的玩具槍一樣，從來沒有讓人發現。

在十年如一日待在永遠空蕩的家裡時，在各種圖謀不軌的人恭維諂媚時，在被別人冷嘲熱諷不過是靠父母庇蔭時，他心底一直保留著一個幻想。那是自從偶然得知自己有一個流落在外的哥哥時，便有的幻想。

如果有朝一日他們兄弟相見，會不會也像一般兄弟那樣一起抱怨，一起玩鬧，一起挨罵？哪怕是一起爭搶一個玩具，也終究是有另一個人陪著。

就像李明儀有一個沒有人知道的玩具手槍，別人也不知道在他心裡有一個從不告訴其他人的哥哥。

這個祕密，許多年來一直在孤獨中悄悄溫暖著他的心。他原本以為，在自己長大成人、掌握足夠力量之前，是絕對不可能和哥哥見面的，然而有一天，他卻親耳聽見父母在派人搜尋長子的消息。

若不是清楚父母的性格，李明儀或許真會認為他們想要尋回長子，一家團聚。但是他清楚知道，對於流落在外的哥哥，父母一直都是事不關己的冰冷態度。

這一次突然有這麼大的改變，還是因為李明儀。

事情緣起於某天李明儀突然昏迷，被送去醫院。他被診斷出來是末期心臟病，只有找到合適的替代臟器，才可以延續生命。

醫生明明白白地告訴他們，他的心臟功能已經衰竭，無力回天。他母親哭倒在他床邊，握著他的手，而他父親沉默了整整一天後，對他說了一句話。

「我會去找你哥哥。」

李明儀幾乎立刻就明白這個冷酷的男人在想什麼，他們是親生父子，即使關係生疏也非常瞭解彼此。

「你為什麼要去找他！」握緊床沿，李明儀從嘴邊擠出這幾個字。

李華盛沒有第一時間回答他，而是看向窗外。

「你是我優秀的兒子，我不會讓你死。」

李明儀嘲諷地笑。「你的兒子不止我一個。」

「但是優秀得能繼承我家業的，只有你一個！」不容置否地留下這句話，李華盛丟下他們母子，離開了房間。

李明儀腦袋幾乎空白一片。

「明儀，明儀，你怎麼樣？還好嗎？」

李明儀轉身，看著他母親。

「媽，妳也認為這樣做是對的？」

「明儀，你在說什麼呀？你病得這麼重，你爸爸將你哥哥找回來，也是為了讓你們兄弟團聚……」

「團聚？那之前二十年為什麼不團聚！為什麼等我病了，你們才想到他？還想讓他——」李明儀沒有說下去，他看著只知道哭泣的母親，想著冷酷離開的父親的背影。

他明白了。

他的哥哥，是在這兩人最落魄潦倒時出生的，身上又帶有先天殘疾，幾乎就象徵著這對夫妻最窮困、卑微的一段時光。風光時，他們不會想到那個屈辱的長子；而此時，他們想起他來了，卻還不如忘記。

可那不僅是被他的父母放棄的兒子，還是他的兄弟啊，是他的唯一的哥哥！對李明儀來說，這個從未見過的哥哥，是他幾十年來心中的唯一寄託。

在被忙於工作的父母忽視的日子裡，他靠著對這個未曾謀面的哥哥的幻想，來滿足他心中的親情需求。對於他，「哥哥」這個詞已被美化成了一個符號，也是支撐他十多年的心理寄託，是他的信仰。

李明儀突然呵呵地笑了，笑聲中盡是悲涼。

他想，如果哥哥知道親生父母竟然是為了讓另一個兒子活命，而想奪走他的性命，那該會有多恨他啊？

一想到這，他就心如刀割。

恨不得立刻死去。

「直到他死為止。」

周子慕留下這句話，就被暫時安排住在別墅裡，與劉濤一起住在一樓。他本以為，就算這些人留下自己時沒提出要求，也會有下一步的行動，可誰知，這一待就是兩天，王晨卻一點表示都沒有。

而這幾天，周子慕看到最多的，就是眼前這一幕。

「殿下，早安。」

一如既往，當王晨從二樓下來時，威廉正站在樓梯口等他。

年幼的候選人神志模糊，睡眼朦朧。威廉拿著梳子整理他的一頭亂髮，整理好凌亂的睡衣，遞上一塊濕毛巾。

等王晨擦乾淨臉，稍微清醒後，威廉將他領到餐桌邊，遞上餐具。

在早起的王晨面前，是一份煎蛋和一杯牛奶。威廉從前陣子開始就一直為王晨準備牛奶，在他想來，現在正是年幼殿下的發育期，既然不能隨時獵捕人類靈魂，那就勉為其難地以牛奶來補充營養吧。

「威廉，即使每天讓我喝十杯牛奶，我都不會再長高了。」王晨看著那杯牛奶，不著痕跡地把它推遠。

「不喝牛奶，沒有煎蛋。」

威廉面色不變，把裝煎蛋的盤子拿起來。

「我只是說說而已，又沒說不喝。」王晨悻悻然，一把端起杯子將牛奶飲盡。

年幼的魔物和管家對這套相處模式完全不覺得有何不妥，旁觀的周子慕卻瞪大了雙眼，眼中盡是不可思議。

「他們這是在玩什麼角色扮演遊戲？」他問。

劉濤見怪不怪地道：「不是遊戲。你得記住，在這個家裡老大就是少爺，而那個冷面男就是管家。」

「這是你們的設定？」周子慕問。

「嘿嘿，是不是很羨慕？」劉濤突然賊笑，「我也餵你，來，啊——」

看著那遞到面前的筷子，周子慕微微笑，就在劉濤以為他不吃這一招時，周子慕卻猛地拉過他的手，狠狠一口咬下筷子上夾的點心。

一邊咀嚼，周子慕一邊道：「下次夾個鹹的。記住，我不吃甜。」

「你，你——！」劉濤捂著右手，一臉悲憤。

他本來只是想故意噁心噁心周子慕，哪想到這個人這麼厚臉皮，竟然真的吃了！到頭來，被噁心到的反而是他自己。

有人幸災樂禍地笑出聲，劉濤惱怒地轉過頭去，而當他看見笑出聲的人是王晨，只得不情願地閉上嘴。

王晨望向他們倆，「你很有趣。」

這麼多天自己毫無表示，虧他還能待得下去。

周子慕看著這個人，注意到他頭上翹著一根還沒梳齊的頭髮。

「你也很有趣。」他回。

周子慕暗暗打量著這間屋子裡的所有人，覺得他們全都給人一種很特殊的感覺，明明近在眼前，卻又好像不存在於這世間。即使他現在正坐在他們面前一起用早餐，他也覺得自己絲毫擠不進對方的世界。

「這幾天，市立第一醫院鬧得很厲害。」王晨突然開口，「N市首富李華盛的兒子失蹤，現在所有人都在找他。」

「是嗎？」周子慕不以為意。

「你不想解釋什麼？」

「我並不是他唯一的兒子。」周子慕的動作停頓了一下，自嘲道：「即便他擔心，也不是因為我。」

「你之前可沒說你的父親是李華盛。」

「三天前我也不知道他是我父親。」周子慕笑了笑，「更不知道，自己還有一個病危的弟弟。」

王晨敏銳地察覺出他語氣中的敵意，「你討厭他們？」

「不，我不在乎他們，只是他們想利用我，想要用我去換他們另一個兒子的性命而已。」說到這，周子慕頓住了，他不知道自己為何會將一切坦白，就好像面前這人有種魔力，可以輕易讓任何人對他訴說心聲。

王晨饒有興致地問：「那你怎麼想？」

周子慕回答：「他們的死活，與我有什麼關係？」

「即使有人會因此而死？」

「他不死，就是我死。」他面無表情，「既然這樣，還是讓他去死吧。」

說這句話時，他眼中的黑色沉澱得極深，毫無人氣。

王晨突然捂著肚子，「……威廉，我餓了。」

剛剛那一刻，周子慕身上散發出來的情感，強烈得令魔物燃起了濃烈的食欲。那是一種連本人都沒有意識到的憎惡和恨意，十分誘魔。就連半魔半人的劉濤，也隱約有些控制不住。

唯一沒有動靜的魔物管家看著受影響的殿下，提醒道：「殿下，隨意亂吃會吃壞肚子。」接著，他又對劉濤道：「控制住你的嘴巴。」

於是劉濤只能扭了扭屁股，坐得離周子慕更遠一些。

周子慕沒有聽懂這幫人話中的意味，也沒興致明白，只是望著王晨道：「李華盛本事不小，他很可能會找到這裡。」

「他還很可能會找到其他地方。」王晨開口，「在被李華盛帶回去之前，你和誰住在一起？」

周子慕臉色驟變，想起了自己的養父母。自己突然失蹤不見人影，氣急之下的李華盛會不會去找他們麻煩？

王晨看著他的臉色，說：「如果被他們發現了你是自己逃出去，他們很可能會利用你在乎的人來威脅你。你準備怎麼辦？」

臉色幾經變換，最後周子慕冷聲道：「那就以眼還眼以牙還牙，如果李華盛真的逼我到那種地步，我也會去拿捏住他的軟肋。」

「哦，誰？」王晨明知故問。

「李明儀，他真正關心的兒子。」周子慕道：「他現在應該也住在第一醫院。我這次就是想請你幫忙，查出他在哪個病房。」

「你自己查不到？」

周子慕諷笑，「我查不到，他們也不敢讓我知道，但是我現在，卻非要去見一見這個弟弟不可。」

哪怕查遍了醫院的所有監視器，他都沒有找到李明儀，看來這個病危的弟弟，被他們的親生父母藏得很好。

「找到他後你打算做什麼？」王晨問。

周子慕想著那個場面，心中漸漸升起一股興奮。

「他或許正在等著用我的命去換他的命。」他一字一句道：「但是我會告訴他，他永遠都等不到那一天。然後，親眼看著他死。」

周子慕慘白的臉上掛起一個愉悅的笑容，似乎只是想像著這個場面，心底便無限快意。

打破別人最後的希望，並將之狠狠捏碎，這個傢伙簡直比魔物更像魔物。

「如果李華盛用你在乎的人的性命威脅你救他呢？」王晨好奇地問。他想知道這個人，究竟能做到哪個地步。

「那我就刺破這顆心臟。」周子慕手緊緊捂著自己心口，臉上是扭曲的快意。「我要讓他們親眼看著，這唯一能救他的希望破滅，讓他眼睜睜看著這顆心臟溢滿鮮血！」

周子慕不僅對別人狠，對自己也同樣狠心。

以死亡的代價換取別人的絕望，他很樂意這麼做，只要一想到那個場面，嘴角就止不住地上揚。

扭曲、惡毒，好似魔鬼。

然而王晨看著這樣的周子慕，突然明白了貝希摩斯為什麼會將這個人類當作這次賭博的獵物。此刻，連他都有些蠢蠢欲動，果然是十分吸引魔物的靈魂。

周子慕的情感濃稠而激烈，卻幾乎全是負面的，對於魔物來說，這就是最美味的事物。

然而事關賭局的勝敗，王晨不能任由他繼續墜落下去。

該怎麼辦才好呢？

半晌，王晨說：「我會盡一切幫助你，讓你實現願望。」

周子慕抬頭看向他，聽到這個年輕人輕聲道：「但代價你可能付不起。」

那一刻，他彷彿在對面的那雙黑眸中看見了死亡。這個年輕人語氣平淡，卻讓他想起了誘惑人類墮落的惡魔。

但是他沒有退縮。

「沒有我付不起的代價。」周子慕微笑，「不過如果可以，要等我親眼看見我那個弟弟死去。」

「你就那麼恨他？」

「不。」周子慕冷淡道：「對於一個陌生人，沒有什麼好恨的。」

「好吧，既然如此，我幫了你，現在也輪到你來體現自己的價值了。」王晨道：「我需要你幫我做一件事。先看看這個。」他將一張照片遞了過去。

「這個人，我見過。」意外地，周子慕輕挑起眉毛，「就在不久前。」

因為實在印象深刻，所以他至今對那一幕還記憶猶新。

他剛剛辦理住院手續的時候，住院部鬧出了一件不大不小的鬧劇。

一個住院的病人逃出病房，歇斯底里地狂吼。

「我不要住院，不，我沒有病！」

看起來與周子慕差不多大的年輕人不斷咆哮，而在他旁邊，頭髮半白的中年男子小心翼翼地蹲守在旁。

「我不可能得病！爸，你相信我，我身體這麼好！」年輕人轉身，猶如抓住落水後的最後一片浮木，抓住他父親的手臂，「而且我還沒拿到錢，爸，你說好的賣了那套老房子幫我買結婚套房，我不能在這裡浪費時間……」

被他抓住的中年男子面露疲倦，「事情我會解決。你聽醫生的話，我們先治病。」

「我根本沒有病，我——咳咳咳！」歇斯底里的反對被一陣猛烈的咳嗽打斷，只見剛才還大聲反駁的年輕人突然捂著嘴，劇烈咳嗽起來。他的指間裡，一絲紅色若隱若現。

他的父親瞬間倉皇無措，對著周圍看熱鬧的人哀求道：「醫生呢，醫生在哪裡？誰來幫我叫醫生！」

最後醫生趕來，將父子倆匆匆帶走。

那傴僂的背影、戲劇化的情節，十分令人印象深刻。哪怕是周子慕，對於這幅場景也是難以忘懷。

「原來他叫張子軒。」他翻著資料，「看樣子他病得不輕。」

「是不輕。」王晨想，這一家人都病得不清。

張子軒年紀輕輕不勞而獲還引以為榮，張如海為了兒子算計生母，還有張素芬……目前不知道她那邊是什麼情況，不過既然是被姬玄看重的獵物，肯定也不是普通人。

「你需要我做什麼？」周子慕問。

王晨微微一笑，「我需要你去見一個人。」

周子慕面不改色，「什麼時候去？」

「等我安排。」說完，王晨丟下其他人獨自上樓，特別對魔物管家吩咐道：「別跟著我。」

正準備跟在後方的威廉聞言停下腳步，深深地看著他的殿下的背影，藏起眼中的暗芒。

回到房間內，獨自一人的王晨打開電腦，進入某個聊天頻道：「在嗎？幫我查一個人。李明儀。」

不一會，頻道內出現一行加密回覆。

王晨看完，臉上露出複雜的神色。

「果然如此。」他輕輕一嘆，靠在椅背上。

這麼一來，所有的線索都串起來了。

而事情的關鍵是，怎麼才能搶在姬玄與貝希摩斯之前，將局面掌控在自己手中？

昏暗的房間內，年輕的候選人殿下輕輕閉上眼，面上有一層微不可見的疲憊。

Chapter 13

劬勞（十三）

樓下大廳，周子慕在王晨離開後，也開始調查李家的事情。

李家發跡以來的一切經歷，凡是會在各處系統留下痕跡的，他都一個不漏地查了出來。一旁，劉濤目瞪口呆地看著他翻飛的雙手，幾乎要看得眼花。

「奇怪。」周子慕突然皺眉。

「怎麼了？」劉濤問。

周子慕指著螢幕，「這裡的紀錄顯示，兩個月前李華盛就開始查我的蹤跡，以他的本事，不可能到現在才找到我。」

「那一定是有人在阻止他唄，說不定是他仇家不想讓他找到你。」劉濤道：「那你弟弟呢？」

周似乎不滿意他這個稱呼。

「關於李明儀，我只搜到了他數月前的入院紀錄。」周子慕鎖眉，「之後就沒有他的痕跡，簡直就像是……」

話音還沒說話，就被突如其來的敲門聲打斷了。

咚咚。

在空間寬闊的別墅內，這聲音傳得格外悠遠，所有人都停下了交談，看向門口。

是誰？

是誰會在這個時候，找上門來？

「哪位？」劉濤試探性地問了一聲。

敲門聲在他出聲後驟然停止，就在空氣近乎凝固時，一個小女孩的聲音突然迴盪在屋內。

「我來找我逃跑的玩具娃娃。把他還給我，還給我呀。」

這是一個稚嫩的聲音，卻重複著詭異而單調的語句，不由讓人毛骨悚然。在轉到最後一個尾音時，帶著天真與嬌媚的小女孩嗓音，同時蘊藏了令人不寒而慄的煞氣。

「是她！」周子慕記得這個聲音，數次在噩夢裡騷擾自己的聲音，瞬間面色蒼白。

「貝希摩斯。」

王晨從樓上下來，站在他們身後，苦笑，「竟然是先被她找上門。」

「貝希摩斯實力非同一般，應該是劉濤在使用護身符逃脫時，被她抓住了線索。此時才找到我們已經算慢了。」魔物管家看了某個罪魁禍首一眼。

「我……我，老大，我們該怎麼辦？」劉濤欲哭無淚。

「把娃娃還給我，還給我，給我……」

詭異的聲音越來越近，在四周迴響，不斷衝擊著在場所有人的耳膜，危機感懸掛於每個人頭頂。

「讓她進來。」王晨突然開口。

哎？什麼意思？

劉濤有些疑惑，正想回身詢問，卻在回頭時發現，原本坐在沙發上的周子慕和王晨、威廉，竟全都不見蹤影。

「老、老大？」

王晨的聲音幽幽傳來，「你負責阻擋她一會。身體壞了，我會讓威廉再幫你修好。我們先走一步。」

「不，老大，不要啊！」劉濤淒厲地叫著。

別墅厚重的大門簌簌搖晃著，似乎下一秒，門外披著人皮的怪物就要衝進來。

毫無意外，劉濤又被賣了，留下來當擋箭牌。

而王晨他們，則是去了一個令人意想不到的地方。

正在和嚴懷談話的韓瑟看見這群突然出現的幾個傢伙，瞬間就噎住了。

「這是怎麼回事？王晨你……周子慕！他不是失蹤了嗎？」他傻眼看著這一行魔物與人，感覺腦細胞都夠不用了。

「抱歉，有急事。因為離你這裡最近，就先轉移過來了。」王晨對韓瑟簡單解釋完，轉身看向周子慕。「我可以讓這些人幫你查出李明儀的病房。」

周子慕臉色一變，「就憑他們？」

他懷疑的眼光掃視著除魔組一行人。

「別小看他們，雖然弱是弱了點，但是在找人方面比我擅長多了。」王晨道。

韓瑟撫額，「你們在議論之前，請考慮一下當事人的感受。」

王晨不理他，繼續說：「在你完成你的任務前，我不會告訴你答案。記住，這是我們的交易。」

「什麼任務？」周子慕面無表情地問。

王晨道：「和我去一個地方。」

「等一等！」終於忍耐不了的某人打斷了他們的談話，「你們能不能尊重一下我們的存在！」

韓瑟頭疼道：「我先不問你們為什麼又突然闖入我們基地，也不問為什麼失蹤的監視目標會在你這裡。」他看了周子慕一眼，「你們這樣堂而皇之地當著我們的面談論什麼祕密交易，真的好嗎？」

王晨愣了一下，隨即微笑道：「差點忘了，還有一件事要告訴你。」

「什麼？」

「你要求我注意的貝希摩斯，我已經得知了她的位置，而且暫時將她拖住了。你們需要的話，我可以給你們地址，不過再晚一點，我可不保證她還在。」王晨道：「要是錯過這次機會，我就沒有責任再替你們攔下她了。」

「合作？魔物？交易？」

終於，一直比隱形人還隱形的嚴懷黑著臉道：「誰能告訴我這究竟是怎麼回事？如果我沒猜錯，眼前這兩個傢伙是魔物吧，你竟然和魔物合作？韓瑟！」

老天！韓瑟頭疼，他竟然忘記這裡還有一個完全不知情的嚴懷。

王晨看了眼這個新面孔，問：「這也是你的屬下？」

「不，我可制不了他。」韓瑟苦笑，「這是我們的同伴，但是，他並不知道我與你們的盟約。」

「盟約？與魔物結盟！韓瑟，你……」嚴懷幾乎要氣炸了。

「只是短暫的交易而已。」威廉冷冷開口了，「請放心，身為魔物的我們也並不想和低賤的人類合作。」

嚴懷看著冷面的魔物管家，挑起眉毛，他已經氣到反而平靜下來了。

「低賤？」嚴懷伸手掏向背後，「那我就讓你見識見識低賤人類的實力。」

「喂！」韓瑟臉色大變，「等等，先別動手！這幾個暫時不是敵人。還有王晨，管住你家的魔物。」他死死拉住嚴懷，「你冷靜點，以後我可以向你解釋，現在不是亂來的時候，別忘記組織派你過來的目的！」

嚴懷有些猶豫，而此時，王晨卻無視拉拉扯扯的嚴懷與韓瑟，走到除魔組另外兩人面前。

「有姬玄的消息嗎？」

「沒、沒有。」元亮第一次直接和魔物對話，看著王晨的眼睛，莫名有些緊張，「但是，十分鐘前我們收到消息，張如海又去找張素芬了，現在正在路上。」

「又？」王晨反問：「出什麼事了？」

「他的兒子，張子軒今早住進了加護病房。」一旁俞銘冷靜地開口，「這回張如海已經沒有後路，多半不會再留餘地。」

「也就是說，故事已經到了結局的時候嗎？」王晨托腮思考，「威廉！」

「是，殿下。」

「我們去找張素芬。」

「是。」威廉輕輕瞥了還在瞪他的嚴懷一眼，上前摟住王晨，準備帶他瞬移離開。

「等等！」周子慕出聲，「我呢？」

「你留在這裡會很安全。」王晨說。

「不，在你告訴我李明儀在哪之前，我不會離開你身邊。」周子慕十分固執。

「你確定？」王晨看向他，「我要去的可不是什麼好玩的地方，說不定，你會看到一些不想看到的事。」

「我不介意。」周子慕道：「讓我跟你去。」

「是嗎？」王晨嘴角輕掀，眼中帶著計謀得逞的狡猾，「那我不讓你說話的時候，你不准說話，我讓你開口，你才可以開口。」

雖然不明白為什麼會有這個規定，但是周子慕依然答應了。王晨揮手，讓威廉帶著周子慕一起離開。

他們離開後，除魔組的幾個人面面相覷。

「咳咳，那我們，現在去哪？」元亮看著依舊保持著僵持狀態的兩個老大，問。

韓瑟鬆開嚴懷，拍拍衣服，「不是決定了嗎？去找貝希摩斯。」他拿起王晨留下的地址，對臉色還很難看的嚴懷道：「你有什麼怨氣到了那再發洩吧，盡情地。」

嚴懷冷冷斜睨他，「以後再找你算帳。」

至此，除魔組開始行動。

Chapter 14

劬勞（十四）

再次來到張素芬的社區，王晨多了一些莫名的熟悉感。

「希望這是最後一次。」他道，便帶著威廉與周子慕，向之前查明的房號走去，然而卻已有人搶先他們一步找上張素芬。

不是姬玄，是張如海。

似乎是午飯時被人闖了進來，大門還敞開著，即便站在外面，也可以清晰地聽見裡面的對話。

「媽！媽！我求你了，求求您！我給您磕頭，給您磕頭！」男子跪在地上，拚命地磕著頭，發出砰砰的聲音。

「您就答應賣了這間房子吧，這是救命錢啊，救您孫子的命啊！」磕頭的男子也早已經滿頭白髮，然而此刻為了親生兒子，他不顧顏面地向老母親哀求，語調淒淒，令人惘然。

王晨看著這個跪地苦求的男人——張如海。他想，該發生的事終於發生了，張素芬究竟是怎麼想的，也很快就能知道了。

而暗中有雙眼睛和他一樣，窺視著這一切。

「阿海。」

張素芬喚著張如海的乳名，扶起他。

「好不容易來看媽一趟，怎麼滿身灰呢？過來擦一擦臉，再來吃媽做的飯。你好久沒和媽一塊吃飯了。」

她好像完全忘記了兩人之間的矛盾，也似乎沒聽懂張如海的哀求，只是扶著他站起來。然而這樣的表現，卻莫名讓人膽寒。

敏銳如王晨，一眼就發現了張素芬的不對勁。她已經入魔了？竟然比周子慕還先入魔！

「我不吃！」張如海不肯站起來，「我只求您搬出這裡，好讓我賣房子救子軒的命！」

「不吃飯？」張素芬愣愣地看著兒子甩開自己，眼神迷惘，「怎麼能不吃飯呢，不吃飯會餓死的……」

她指著桌上還冒著熱氣的菜，對張如海道：「你看，青椒炒肉絲，是你小時候最愛吃的。那時候我買不起，你只能看別人家的飯菜眼饞，現在買得起了，你們怎麼一個個都不來吃了呢？怎麼就不在身邊陪媽了呢？媽每天都盼著你來，所以才做了……」

「媽！」張如海打斷她。「我兒子現在還在醫院，等著錢救他的命！媽，求您了！搬出去吧！」

張素芬不再說話，她看著跪在地上的兒子，看他苦苦哀求自己的模樣。

桌上的菜漸漸涼了，她突然開口。

「你只記得你兒子，可還記得我這個媽？」

張素芬記得，不知從何時開始，陪伴著自己的就只有空蕩蕩的屋子、冰冷的桌椅。

所有都人走了，只剩她一個。

獨自吃著鹹菜泡飯，有時候想著這個月存了多少錢，可以買多少菜，又想著哪些菜是阿海愛吃的，哪些菜是小女兒阿美愛吃的，等他們來了自己可以多買些，讓孩子們吃個夠。

然而一直沒有人來，只有她一個人坐在桌前。

某天，還是沒有等到人的張素芬突然想明白了。孩子們都長大了，都有了自己的家，有了自己的孩子，哪裡還會記得她這個老太婆呢？

張素芬突然覺得，現在的日子過得還不如饑荒的時候。當年送走大女兒後，她耗盡心血養活兩個孩子，再苦再累，回到家都還有孩子陪著。可現在呢，現在有什麼？

什麼都沒有了，沒有了啊。

一個人的屋子，老邁的張素芬獨自坐著，暗影無聲無息地蔓延。

時間久了，她恍然明白，這麼多年來一直陪著自己的，只有當年去世的ㄚㄚ。原來只有死人，才能一直陪著自己。

所以此時面對張如海的苦苦哀求，張素芬只覺得不解。

「阿海。」張素芬並未因兒子的悲傷動搖，只道：「你還記得，你當年因饑荒而過世的大姐嗎？」

張如海沒有回答，他不知道為何老母親會突然提起這件事。

「我當時在想，是我不好，我沒能賺足夠的錢養活她，才會讓她那樣瘦骨嶙峋地死去，直到離世前，她可能都不知道吃飽是什麼滋味。」

張素芬輕輕撫摸著胸前的鐵盒子，臉上帶著笑意。

「後來我想，幸好當時丫丫死了，我將她火化了，不然她成家立業後，也會像你們一樣有了新家，就忘記我這個當媽的。」張素芬緩緩道：「你們都走了，都不要媽了，只有丫丫一直陪在我身邊。阿海，難道你還不明白嗎？能一直陪著你的不是活著的人，只有當他們死了，才會踏踏實實地永遠待在你身邊。」

她用憐憫又欣慰的目光看向張如海，「現在子軒出事，你不要難過，應該開心才對，因為他馬上也會像丫丫陪伴我一樣，永遠地陪在你身邊。這樣就誰也搶不走他了。」

張如海哆哆嗦嗦，看著這個不一樣的母親，彷彿又看到了當年饑荒裡瘋狂而又堅強的那個女子。張素芬憑著這股狠勁養活了剩下的兩個孩子，可此時卻只讓張如海心裡升起一股寒意。

她那奇怪的執著，此時猶如附骨之疽，盤繞在心頭的陰影上。

張如海說：「不，我不要兒子一直陪著我，我只要他好好地活著。無論我怎麼樣，我只要他好好活著！」

張素芬搖搖頭，「你不明白，你會後悔的。」

「不救我兒子的命，我才會後悔！」明白再怎麼樣也無法說服自己母親，張如海沉聲問：「媽，您真的不肯答應？」

張素芬沒有說話，許久，張如海咬了咬牙，在地上狠狠磕了最後三個頭。

「您別怪罪我。為了救子軒的命，我沒有別的辦法！不孝兒張如海，只能和您對簿公堂了！」他站起身，迅速地轉身離開，彷彿背後有鬼在追趕，不知是心鬼還是魔障。

「阿海。」張素芬突然幽幽開口，「既然這樣，不如你也一直陪著媽吧。」

什麼？

張如海轉身，卻只望見一雙黑中透紅的眼睛，帶著詭異恐怖的神采，懾人心神。

「妳——！」他下意識就要尖叫，然而頭頂傳來一陣劇痛，瞬間昏倒在地。

張素芬看著失去意識的張如海，蹲下身，伸出枯瘦的手，一寸一寸地撫摸過他臉上的皺紋。她眼中有心疼，也有喟嘆。

為什麼要過得這麼辛苦呢？為什麼明明是一家人卻要分散呢？如果只有死亡才能讓親人永遠陪伴在身邊，那麼就一直沉浸在黑暗中，一直……

「媽是愛你的啊，阿海。」

入了魔的張素芬，一遍又一遍地重複著。

濃厚的魔氣張牙舞爪地從她背後溢出，像是一隻噬人的野獸。眼看著魔氣就要將張素芬與張如海一同吞噬，黑暗中，有魔暗自欣慰，等待著最後豐收的果實。

而在關鍵時刻，卻有人突然打斷。

「愛？難道妳最愛的不是自己嗎？」

張素芬抬起頭，看見一個陌生的年輕人站在門口。

旁觀了一切的周子慕厭惡地看著她，又像是透過她看著別人。

「以愛的名義剝奪別人的自由，在我看來，不過是自我滿足。」他睥睨地看著兩人，「或者說人本來就是醜惡的，根本不存在什麼愛。」

為了虛榮無所顧忌的張子軒，為了兒子不惜犧牲母親的張如海，看似孤獨卻最狠心偏執的張素芬。這一家，還真是相似。

「難道這不是我應得的嗎？」張素芬沉默了一會，抗議道：「我生下了他，養育了他，他卻忘記養育之恩，如此對待自己的親生母親。難道我要他和我一起死去，一直陪著我，不是理所當然的嗎？」

周子慕道：「是啊，生下了他，養育了他，所以無論做什麼都理直氣壯，哪怕是要奪走性命，也不需要問問妳的孩子願意不願意！」他眼中閃過仇恨的火焰，「既然這樣，又說什麼骨肉親情，又說什麼愛！妳這樣做，和養一隻隨時可以屠宰的畜生有什麼區別？」

周子慕還是首次如此激動，看著張素芬與張如海，讓他聯想到自己可悲的處境。

「這種自私的愛真是笑掉別人的大牙。你們最愛的，不過是自己！」

最愛的不過是自己！張素芬看著昏昏沉睡的張如海，彷彿突遭雷擊。

「怎麼會這樣……」

年輕時淒慘的遭遇，讓張素芬養成了偏執的性格。

她不願意兒子與自己離心，便認為只有死人才能陪伴自己，甚至於孫子的死活，在她眼裡也不重要。

張子軒的確不孝，張如海更加令人髮指，然而作為他們的母親和奶奶，張素芬卻也從來沒教會他們什麼才是真正的愛。

自己想要的，便去掠奪。這扭曲的觀念，正是張素芬自己教會孩子們的。

「原來我……從來沒有……」

張素芬愣愣地看著自己的兒子，看著年不到半百的張如海頭上已經染上白霜。是從什麼時候起，母子越發離心；是從什麼時候起，她看不見兒子臉上越來越多的疲倦？

生活的重擔會讓人麻木，變成只有欲望的野獸。而一旦變成野獸，人還能稱之為人嗎？

張如海的話還迴盪在耳邊。

我不要兒子一直陪著我，我只要他好好地活著。無論我怎樣，我只要他好好活著！

什麼是愛？是施捨了一份感情，便要求對方付出對等的分量？還是無怨無悔地付出，只求對方過得更好？

而張素芬對子女的愛，究竟是占有、偏執、母子親情，還是對當年饑荒年代不公遭遇的怨恨？怕是連她自己都分不清楚。

張素芬愛她的孩子，埋怨他們不來陪伴；張如海愛他的孩子，為此寧可不擇手段，逼迫自己生母。他們的愛，都是不正常的。

張素芬突然輕輕笑了起來。

周子慕皺眉看著她。

張素芬笑著搖了搖頭，「好笑，好笑。我年輕的時候為了養活他們，什麼都肯做，現在阿海為了救他兒子所做的一切，和我當年根本一模一樣啊。我以為死皮賴臉地賴在這，孩子們至少不會忘記我，可我卻沒明白，這樣只會讓他們恨我。他們會恨我嗎？」

周子慕沒有回答。

張素芬伸出手，摸了摸兒子蒼白的臉，撫過那不再年輕、充滿溝壑的臉龐。數十年前那個依偎在她懷裡的小兒子，什麼時候變成這副滄桑的模樣？

她問周子慕：「你說，人是活著好，還是死了好？」

「當然是活著好。」周子慕毫不猶豫道。

「為什麼？」

「只有活著，才可以做自己想做的事。」周子慕想，哪怕是復仇，也要活人才辦得到。

張素芬聽到這個答案，卻是愣住了。「活著好，活著好。這個道理為什麼我之前不明白呢？」

她瘋瘋癲癲道：「為什麼我不明白呢！」

一開始她最想要的，是陪伴在自己身邊活生生的女兒啊！而不是現在這個，只能化作骨灰陪在她身邊的冰冷吊墜。

什麼時候開始，她竟然這樣本末倒置了呢？

「年輕人，你、你叫什麼名字？」張老太看向周子慕。

「妳不會想知道的。」周子慕垂下眼睛，「妳不殺他了？」

張素芬臉上笑著，再沒有了之前的那種孤獨和寂然，而是一種恍然大悟的滿足。

「不了，只是我突然想明白，我最想要的是什麼了。」她站起身，搖搖晃晃地回了裡屋。

周子慕一直看著她，直到那個身影消失在房內，再也看不見。

屋內，原本溢滿整個空間的魔氣突然消失不見了，將周子慕送進去的兩個魔物，對這個結果毫不意外。

「您早就知道了。」威廉突然開口，「將周子慕帶到這裡，是您之前就計畫好的，殿下。」

「你在說什麼呢，威廉？」王晨微笑，「難道不是巧合？」

「不，他們兩個人，周子慕與張素芬，都陷在人類親情的愛與恨中。」威廉說：「周子慕是恨的極端，張素芬是愛的極端。只有對親生父母抱著深深恨意的周子慕，才能一語道破張素芬的私心，因為極端的兩點，也恰恰是最接近的。」

王晨但笑不語。

「是嗎？原來是這樣，看來我真的小看你了。」一道冰冷的聲音插入兩個魔物的對話中。

王晨回首，看見光與暗的交接處有個黑影逐漸顯形。

「姬玄。」

他喊出對方的名字。

這是兩位同為魔王候選人的魔物第一次正式見面。

從黑暗中現出身形，姬玄靜靜看向王晨，「我一直以為，你只不過是一個幸運的傢伙，看來是我大意了。這一局是我輸。」

聽到對手痛快地認輸，王晨愉悅地勾起嘴角。

姬玄說：「我的確沒想到，你會用周子慕來對付張素芬，但是你讓這兩人見面，反而加深了周子慕對人類的憎恨。貝希摩斯那邊，你不可能贏了。」

王晨毫不在意，「那就試一試？說不定我能創造奇蹟呢。」

姬玄身影又消失在陰影裡，只有他的聲音穿透黑暗，遙遙傳來。

「拭目以待。」

Chapter 15

劬勞（十五）

拭目以待嗎？

王晨哼哼兩聲，轉身對威廉道：「這些高級魔物都和你一樣，說話繞彎子，就是不肯老老實實地認輸。」

「殿下，您也是高級魔物。」

「廢話，我能和你們比嗎？」王晨鄙夷地看了他一眼，又問：「周子慕呢？」

「我在這。」周子慕不知什麼時候從房間裡出來，臉色陰暗。他現在之所以能行動，是依靠威廉的魔氣支撐。

「這就是你把我帶來這裡的目的？利用我幫你贏得一場遊戲的勝負？」

剛才王晨與姬玄的對話，他聽到了七八成。

王晨笑看著他，「不是你自己非要跟來的嗎？我和你說過，在這裡不會遇上什麼好事。」

周子慕沉默一瞬，又道：「你與別人還有一場勝負，是和我有關？你覺得這一次你還會如願以償？」

「是否如願，到時候就知道了。」王晨神祕一笑，「現在回去吧，你不是想知道李明儀在哪嗎？回去就告訴你。」

周子慕目光灼灼地看向王晨，「我已經等很久了。」

兩人一魔就這麼離開社區，至於善後事宜，人類的事情人類負責，自有韓瑟他們操心。

返回時，王晨選擇的第一個去處不是醫院，而是除魔組的N市大本營。

韓瑟現在看到突然出現的幾人，反應已經很平淡了。

「很高興你經常來串門子。」他對王晨道：「希望這裡能讓各位覺得賓至如歸。」

除魔組的基地，讓魔物覺得賓至如歸，這句話明顯嘲諷意味十足。王晨卻像是沒聽出他話裡的譏諷，問道：「你怎麼還在這？不去抓貝希摩斯了？」

韓瑟無奈道：「好歹我也是這裡的負責人，不需要事必躬親。貝希摩斯那邊，自然有其他人去。」

「那人能奈何得了她？」王晨問。

韓瑟沒有立刻回答，他在思考怎麼在不暴露除魔組實力的情況下，回答這個問題。

過了一會他說：「如果他都沒辦法，我們這裡就沒人能對付貝希摩斯了。」

他說的這個人，正是嚴懷。

這位從除魔組帝都老本營前來支援的科研組組長，不僅能力超群，更攜帶著最新開發出來的對魔武器，絕對是除魔組的大殺器。如果他的新武器能正常發揮作用，加之有除魔組其他成員配合，別說應對貝希摩斯和姬玄，便是七大君王親自前來，也不見得能毫髮無傷地脫身。

韓瑟玩味地看向王晨，想看看這位魔物有什麼反應，誰知道王晨一點都不為自己的安危操心，反而鬆了一口氣。

「那真是太好了，我還正愁一會要是去醫院再碰上貝希摩斯怎麼辦。這下有你們拖住她的時間，我就可以辦正事。」

韓瑟無語……為什麼又有一種被人坑了的感覺？

周子慕沒興趣理會他們的對話，他此時只關心一件事，「李明儀在哪？」

「對。」王晨對韓瑟道：「李明儀在哪？你們調查了這麼久，不會連這個都不知道吧？」

韓瑟簡直頭疼，「你……」他嘆了口氣，轉身看向周子慕，「你真的要去找他？李華盛夫妻，現在可都在醫院裡。」

「的確。」王晨轉頭對周子慕道：「你親生父母都在，你去找人，肯定會和他們正面撞上。」

對於某人的傳聲筒行為，韓瑟忍不住翻了個白眼。

「那就更應該去了。」周子慕揚起一個笑容。「不當著他們一家人的面親手戳破他們的希望，我得到的快樂都會因此遜色。」

他看向王晨，「我不清楚你真正的身分，也不知道你們幫我的目的究竟是什麼，但是我們已經立了約定。我履行了我的義務，現在到你了。」

王晨挑了挑眉。被人類以這種語氣命令，他不禁有種看見狼犬對自己露出尖牙的感覺。雖然知道傷不了自己，卻覺得十分有趣。

他笑了笑，對韓瑟道：「告訴他吧。」

韓瑟皺眉，「你明明知道——」

王晨打斷他，「既然他想知道，那就告訴他。之後發生什麼事，由他自己負責。」

韓瑟嘆了口氣，說出了李明儀曾經住過的病房房號，話還沒說完，就見周子慕忍不住轉身離開。

「你一個人怎麼去？」王晨看著他。沒有威廉的能力支撐，周子慕半步也走不動。

「讓威廉送你去吧。」他說：「威廉，可以嗎？」

韓瑟聽到這句話有些驚訝，王晨和身邊的魔物管家，不總是形影不離嗎？奇怪的是魔物管家沒有反駁，那雙黑眸看著逐漸成長的候選人，不知在想些什麼。

須臾，威廉深深看了自己的殿下一眼，彎下腰。

「是。」

下一秒，他便帶著周子慕消失在眾人視線中。

室內的氣氛瞬間變得靜默，隔了一會後，韓瑟才慢慢開口。

「我有些慶幸，當初沒有與你作對。」

王晨斜眼看他。

「現在的魔物，玩弄人心的手段真是讓人害怕。姬玄是，你也是。」韓瑟感嘆了幾句，才問：「你瞞著李明儀的詳細情形，就不怕周子慕知道真相後會直接瘋了，遂了貝希摩斯的心願？」

「我當然有分寸。」王晨眨了眨眼：「不是有一句話叫『破而後立』嗎？」

韓瑟道：「希望如此吧。」

「比起這個，你還不如關心關心你們前去拖延貝希摩斯的那組人手。」王晨笑著推開大門：「要是他們沒有拖住貝希摩斯，讓她去醫院搗亂，計畫失敗可不是我的責任。」

這麼說起來，韓瑟才想起嚴懷他們到現在都沒有消息回傳。那邊情況如何了？他連忙命令元亮聯繫，轉身卻看見王晨離開的背影。

「你去哪？」

「搭車！」王晨揮手道：「沒有威廉，我只能找其他代步工具去醫院了。」

這不是自找苦吃嗎？既然這樣，剛才為什麼不跟著一起去？韓瑟哭笑不得，只能目送他走遠。

嚴懷等人的處境有些不妙。

「屋裡好像沒有聲音了。」俞銘探出頭仔細聽了聽，轉身道。

此時，外出的除魔組成員正在威廉的別墅範圍之外，小心翼翼地測探著屋內的情況。

「這裡魔氣很濃厚，貝希摩斯應該還沒有離開。可這是為什麼？周子慕明明已經不在這裡了。」他疑惑道。

嚴懷說：「也許有人拖住了它。」

有人？這個人會是誰？俞銘正這麼想著，前方別墅裡突然傳出震天聲響，聲音大到幾乎連地面都在顫動。

還沒等他們反應過來，兩人便看見一個不明物體從屋內飛出來，撞破落地窗，重重砸在地面上。而在物體落下的地方，一片紅色逐漸暈染，浸濕了地面。

被摔出屋外的人已經沒了呼吸，根本不可能活著。

是劉濤！

俞銘還記得這個上次事件的當事人，他咬緊牙想衝出去，卻被嚴懷拉住。

「快躲開！」

嚴懷暴喝一聲，在地上一個翻滾，同時推著俞銘向另一個方向躲去。

他們動身後不到一秒，一塊巨石突然從天而降，砸在兩人原本的位置上。要不是躲避得及時，此時他們八成被砸成肉餅了。

別墅落地窗的玻璃碎片撒落一地，一個小巧的人影緩慢地從屋內走出來，踩在一地殘渣上，看著兩人躲避的位置。

「原來，外面還藏著兩隻小老鼠呀。」

她整個人從陰影裡走出，容貌暴露於陽光之下。

嚴懷的瞳孔驟然縮緊。

「果然是妳！」

穿著黑裙的小女孩聞言，輕轉頭顱看向他。

「又見面了，大哥哥。」她笑語晏晏，「請問你知道我可愛的『娃娃』被帶到哪去了嗎？」

嚴懷警戒地看著貝希摩斯，以防魔物突然襲擊，然而對方卻突然頓了一下。下一秒，近乎呻吟般的嘆息響起，「啊，我聞到了，那誘人的味道。」

只見她眼化豎瞳，緩緩咧開嘴，露出不符合可愛外表的猛獸尖牙，輕聲呢喃：「多麼美味啊，這種靈魂即將墮落的味道。」

嚴懷聞言心下一驚。能讓貝希摩斯出現這種反應，周子慕那邊究竟發生了什麼？

五分鐘前，威廉將周子慕送到了醫院，便丟下輪椅和人不知所蹤。周子慕只能自己按照房間號碼，一層一層地尋找李明儀。他行動不便，身邊又沒有人陪伴，一個人在醫院裡遊蕩，引起了不少人的注意。

此時周子慕腦中充斥著各種思緒，興奮、緊張、期待，完全沒空在意他人的眼光。他等待了這麼久，終於要直接向李華盛發出這致命的最後一擊，簡直是迫不及待。

他想著該用怎樣的語氣譏諷李華盛，直言自己已經看破了他們的計畫。

他想著看見他們臉上驚訝絕望的表情時，自己會是如何地快意。

他想著，親眼看見那個天之驕子的弟弟時，自己能否掩飾住臉上的嫉妒？

是的，嫉妒。

李明儀擁有他所沒有的一切，親情、富裕的家庭、成功的人生，每當得知更多關於他的資訊，周子慕心裡的那抹幽暗都會更深一些。

他想起自己曾經對王晨說過，他不恨李明儀，恐怕，現在是要食言了。

他恨李明儀，恨他擁有自己所沒有的一切，更恨他還想要奪走自己僅有的東西。

他本以為自己早就習慣了不公，不會在乎旁人憐憫輕視的目光，然而這個同父同母、卻和他過著迥異人生的兄弟出現，卻打破了他自以為是的鎮定。

周子慕這才發現，自己其實一直是在乎的。

正因為太過在乎，所以假裝不在乎。

「周子慕！」

一聲驚呼，將他從思緒的世界中喚回神來。

周子慕抬頭，發現自己竟已到了目的地，而那個站在病房前，滿臉驚愕的中年男人，就是李華盛。

他微笑地打招呼道：「你好，父親。」

「你、你怎麼會到這裡來？」李華盛脫口而出，才發現自己的失態，調整情緒道：「這幾天你去哪了？為什麼突然不見了？你不知道你母親有多擔心你！」

「嗯，我很抱歉。」周子慕一臉真摯。「我不應該在這個時候鬧失蹤。」

李華盛表情緩了緩，「既然知道，你還不快……」

「我更不應該看破你們的計畫。」周子慕繼續道：「不應該打破你們的希望，不應該耽擱你們拯救自己心愛的兒子的計畫，不應該這麼捨不得自己的命。真是，太抱歉了。」

「……你在說些什麼？」李華盛表情錯愕。

「意思是，我不會按照你們的意願，捨棄自己的性命，去換李明儀的命。永遠都不。」周子慕看著他，一字一句道：「我會親眼看著他死去，變作一堆白骨。我會看著你們絕望，白髮人送黑髮人。我也永遠不會當你們的兒子。你們的孩子只有李明儀一個，而不久後，會連這一個都不剩。」

每說出一句，周子慕心中的惡意和快意都更加濃烈。

他看著臉色變得慘白的李華盛，輕聲道：「真是可惜，那樣出色優秀的弟弟，和我這麼沒用的廢物，是誰都會選擇讓他活下去。但很遺憾，我不會這麼選。即使所有人都期盼他活下去，我也會永遠睜大眼睛，看著他死！」

李華盛臉色慘白，彷彿一下子老了十歲。

「你都、你都知道了？」他失去了平日裡的威勢，像個機關算盡卻失去一切的敗者。「既然你都知道了，你還來做什麼！嘲笑我們，看我們痛苦，報復我們嗎？」

周子慕不答，只靜靜地看著他。

「我是來見他。」

「見他？」李華盛喃喃，不可思議地看著周子慕。「你想要見誰？」

「李明儀。在他死前，我總要盡一盡哥哥的本分，探視他最後一面。」周子慕笑，「順便告訴他，在他死後我會活得很好，讓他不用掛念，安心地去死。」

看著說出這番惡毒話語的周子慕，李華盛的表情卻從疑惑轉為恍然，最後竟然笑了。

「你恨他？你以為他也和我們一樣，想奪你的命？哈哈，明儀啊明儀，這就是你最後換來的對待嗎！」他似笑似哭，瘋癲般道。

周子慕皺眉，他不喜歡李華盛說話的語氣，那讓他覺得不安，好像自己漏算了什麼。

李華盛讓開一步，定定看向他，「你進去吧，去看你想要看的。」

現在沒有人阻撓，周子慕和李明儀之間只隔著這一扇門，他終於可以完成計畫的最後一步，給予這些人最痛苦的一擊。

這之後，即使會失去性命和靈魂，他也不在乎了。

畢竟他成功報復了這些人，他才是真正的勝者，不是嗎？

在打開門的前一刻，周子慕不知為何突然不想進去，但那扇阻隔的門扉，已經敞開——

窗外的陽光直刺入眼，讓一切無所遁形。

屋裡的一道人影，緩緩轉過身來。

Chapter 16

劬勞（十六）

自從住院以後，李明儀幾乎沒有個人時間，往往一整天都在嚴密的看護下，憋得喘不過氣。這天，他好不容易獲得許可，可以出去散心，被幾個人看護著從病房出來。

到了活動室，他將保鏢丟在門外，獨自進去，並吩咐他們不准打擾。

這些日子以來，他很少能夠有一個人獨處的時間，白天醫院的看護會一直守著他，到了晚上張馨瑜便會坐到他床前，紅著眼睛望著他，默默哭泣。

其實李明儀心底並不習慣叫那個女人母親。

從小到大，他和父母每個月見面的次數不過一、兩次，張馨瑜忙著參加交際圈的茶會晚宴，而李華盛一天到晚埋頭在公司事務裡，就算有時間回家，也是忙於工作，而不是去關心一下兒子。

這樣的家庭，李明儀從來不覺得有什麼值得留戀。對他來說，關係生疏的父母，不過是有著血緣的陌生人。然而他真正意義上的親人，卻是一個只存在於幻想中，從沒見過面的哥哥。

李明儀走到窗前，看著醫院外的大街。馬路上車來車往，川流不息，在這樣的熱鬧中，生活的氣息撲面而來。

那些陌生的路人，他們可也曾有煩惱、悲傷？

是的，必定會有。

活在世界上的人誰會只有快樂，而沒有難過的日子呢？

李明儀又想，當他們所珍惜的父母、子女、愛人遇上危難時，他們會不惜一切地保護所愛的人嗎？

李明儀從前很不理解，這世上有什麼比自己的性命更重要？是冷淡的父母、虛偽的友人，還是諂媚而心懷不軌的其他人？

沒有。

在這個世界上，他曾經認為最重要只有自己。然而現在……

一陣寒風鑽過打開的窗戶，迎面吹來，李明儀被涼風吹醒，回過神，不禁想要拉一拉衣領。然而這一動，他又注意到了一直握在右手中的物品。

因為握得太久，已經染上了體溫，甚至讓人忽視它還在手心。

他一愣，徐徐笑開，然後把那個小玩意緩緩舉高。對著陽光，半透明的塑膠玩具折射出珠寶一樣的彩色光芒。

這是一個玩具，卻又不止是一個玩具。

李明儀握緊手中的小小玩具，嘴角帶著一分笑意，隨後他想起自己將要做的事，又好似有一些苦惱。不過，他一點也不後悔，因為這是他唯一能做的事。

樓下是川流不息的車輛，那是和他完全不同的另一個世界，一個充滿著生氣的世界。

那些人還有未來，還有無限的可能，而他這個將死之人能做的事，只有一樣——拚盡所有去保護重要的人。

即使那個人，不曾見過他、不會記得他，甚至可能恨他。

李明儀看向手中已經被他磨舊了的玩具手槍，接著他緩緩閉上眼。

這世上真的沒有比自己性命更重要的人嗎？

恐怕只是因為，你還沒有遇見。

「李先生？」

屋內很久都沒聽見動靜，保鏢疑惑地敲了敲門。

沒有人回應。

幾個保鏢對視一眼，當機立斷推門而入。

「李先生？」

「來人，快去喊醫生！」

有人驚呼出聲，隨即，更多的人湧進房間。

忙碌的人們、驚慌失措的人們蜂擁而入，卻沒有人注意到，孤零零掉在角落的那把玩具手槍。

周子慕推開門，不可置信地看著眼前的人。

「是你！」

對方也看著他，眼中是複雜的思緒。「為什麼不能是我？還是說，你想在這裡見到誰？」

周子慕冷靜下來，看著這個躺在病床上的女人。張馨瑜，他的親生母親。

「我以為，這是你們兒子的病房。」

看見躺在床上的是張馨瑜，周子慕心底隱隱有些焦躁。他遺漏了什麼，他錯算了什麼？

「你就是我們的兒子。」

周子慕冷笑，「我不是，李明儀才是。或者說，李明儀才是你們想要讓他活下去的那個兒子。」

「原來你都知道了。」

這個一向站在丈夫身後的女人，此時卻顯得很是疲憊，她看著周子慕的眼中，有後悔也有不甘。「你相不相信，世上真的有報應？人做了什麼虧心事，遲早都是要還的。」

「我不相信天理報應。別人對我的不公，我會自己去討。」周子慕冷眼看著她，「而現在，我就要讓你們吃下惡果。」

「你不肯原諒我們嗎？」張馨瑜哀求，「誰都有做錯事的時候，我們只是一時糊塗而已。子慕，你也是我們的親生兒子啊！」

「親生骨肉？當你們想要奪走我性命的時候，有沒有想過我是你們的親骨肉？當你們為了李明儀而放棄我的時候，有沒有想過我也是你們的兒子？」周子慕絲毫不為所動。「你們當時沒有想到，就別怪我現在的報復。」

「真是個狠心的孩子，真是狠心啊……」張馨瑜搖搖欲墜，雙眼含淚。「如果明儀在，如果明儀在就好了……他一定不會像你這麼狠心。」

「是啊，李明儀，萬眾期待的天之驕子。」

周子慕嘴邊掛起一絲詭異的笑容。「可惜，他活不長了，死去的會是他，活下去的會是我這個廢物。這個結果，是不是很諷刺？但我喜歡。」

他環視病房一圈，沒有見到第二個人影。

「他去哪了，為什麼不在這裡？我本來還想告訴他，他即將命不久矣的這個好消息。」

「你想見他？」張馨瑜面色有些古怪。

周子慕皺眉，這個女人此時的表情和之前的李華盛一模一樣，好像他說了什麼不可思議的話一般。

張馨瑜喃喃道：「你都已經查到了明儀的病房，為什麼不知道他已經……」

她突然住了口，定定地看向周子慕，許久，唇邊綻放出一個別有深意的笑容。

「原來你還不知道！你以為他也想要奪走你的心臟？你恨他？你盼著他死！哈哈，哈哈哈哈，可笑，多可笑啊！」

眼角留下淚水，張馨瑜又哭又笑，聲音淒厲。「我沒錯，你果然該死！該死的人是你！比起你這樣的人，為什麼活下來的不是明儀？為什麼明儀要為你這種人去——」

「夠了！無論你們想說什麼，都已經晚了！活下來的會是我，不是他！」周子慕怒目圓睜。

「為什麼我必須為他而死，為什麼為了救他我就必須死？這不公平！我，永遠也不會讓他活下去，不會！」

胸口湧起的恨意，像是要把他的心撕裂，而對面的女人卻突然開心地笑了，甚至說出一句他聽不懂的話來。

那一刻，他只看見她的嘴唇上下翻動，卻無法理解她的意思。

大腦似乎瞬間停機，尖銳的耳鳴讓他聽不見任何聲音。

「你說什麼？」許久，周子慕才啞著嗓子問。「妳剛才說，什麼？」

「我在說，明儀真傻啊。」張馨瑜撫摸著床單，有些恍惚地笑著。「別人都不願意做的事情，為什麼他就做了呢？傻孩子，明明你想救的人，一直盼著你死，你難道不會後悔嗎？傻孩子，我的傻兒子……」

「李明儀。」周子慕嘶啞道：「他怎麼了？」

「怎麼了？」張馨瑜回過身來，一字一句道：「如你所願，他死了。」

最後一句話，好像一道驚雷，狠狠地打在周子慕的胸口。

「你不願意用自己的命換他的命，而他卻願意！你想要他死，他卻一直希望你活下去。他明明知道只有一個辦法才能活下去，卻千方百計地阻撓我們找到你。

「你恨的這個弟弟，你不愛的這個弟弟，你不曾見過的這個弟弟，為了保護你的命，他死了啊！為了你！」

張馨瑜嘶喊出來的話，彷彿句句帶著血和淚，聞者驚心！

看著周子慕突然變得慘白的臉色，她卻還覺得不夠，將所有的事情全都說了出來。

「在我們去找你的前一天，明儀他離開了病房，出去散心。他已經和我說過好多次了，不想老是躺在病床上，嫌悶。那天我想，既然我們已經找到你了，讓他在醫院裡走走也好，反正他很快就會痊癒，不需要擔心。

「於是我和醫生商量，取得了許可，再讓幾個看護陪著他。我以為他會開心地回來，就等啊等啊，想著他回來後，會不會露出難得的笑容呢？自從入院以後，他好久沒有對我笑了。誰知我等到最後，等到的卻是他再也不會回來的消息。」

張馨瑜狠狠瞪著周子慕，咬牙道：「你知道他是怎麼死的嗎？他心臟衰竭，根本受不了低溫，卻故意站在窗邊吹冷風。他的心臟無法承受，就這樣衰竭至死了！

「心臟停止跳動，那種呼吸不過來的感覺你知道嗎！每次病發的時候，他都痛得整個人縮在一起。那麼怕痛的孩子，卻為了你……多痛啊，我的明儀，我的兒子，那得有多痛啊……」

她眼中有不甘，有恨意。

「我這個傻兒子為了一個未曾謀面的哥哥，犧牲了自己的性命！他甚至留下書信，希望我們能繼續找你，只為了治好你的腿。而他這個心心念念、用性命保護的哥哥，卻一直盼著他死！」

張馨瑜諷笑，「明儀和你，確實是他應該活下來！你知道是為什麼嗎？不是因為他比你健全，不是因為他比你出色，甚至不是因為我們希望如此，而是因為他心底還有一個你。至於你，心裡卻滿滿地只有恨！只有恨！」

張馨瑜還在激烈地嘶吼著什麼，但是周子慕已經一個字都聽不進去了。

他在想什麼呢？他什麼都沒有想，腦海裡空白一片。

世界上真的有人，願意為了別人犧牲自己嗎？

他滿心算計，嫉妒、憎恨的那個人，他原本準備肆意嘲笑的那個人，竟然早就不在了。

在故事一開始的時候，他想要報復的那個人就已經死了——為了救他而死。

這麼一來，他的處心積慮、他的仇恨、他的瘋狂，不都是一個笑話嗎？

他做了那麼多準備，卻發現到頭來對方根本不在意。因為李明儀早就死了，為了保護他的哥哥，瀟瀟灑灑，像個笨蛋一樣地死了。而苦苦掙扎的周子慕，像是一個小丑，他活在這個世界上，就是一個徹徹底底的笑話！
恨著生而不養的親生父母，恨著將自己丟開的養父母，恨著憐憫嘲笑自己的人，恨著李明儀——可最後卻發現，最該恨的人，是自己。
為什麼從來觸摸不到陽光？
不是因為陽光不願眷顧，而是因為他自己選擇沉溺黑暗。
原來，無可救藥的人是他自己嗎？
周子慕的臉色一陣青一陣白，而忙於心痛的張馨瑜沒有注意到他的不對勁。
樓下，王晨突然抬頭看了一眼，感受著樓上散發出來的強烈黑暗氣息。那不是墮入深淵，而是已與深淵同在。
看來，收穫獵物的時候到了。
郊外別墅區，貝希摩斯像個饑渴多時的饕客一樣，貪婪地嗅著空氣中隱隱傳來的味道。她盼望著這一刻太久太久了。
「沒時間陪你們玩扮家家酒了。」她道：「我要去收穫我的果實。」說完，惡魔張開雙翅，飛向空中。

然而貝希摩斯掮動著的翅膀，卻驟然失去了力氣。

「可惡！怎麼回事？」她詫異又憤怒。

「你想要離開，還沒有問過我的意見吧？」身後傳來一道沙啞的聲音。

她回身一看，卻看到嚴懷正走出花圃，他的懷裡，一個不明物體正泛著銀光，似乎就是它限制了貝希摩斯的能力。

「不如留下來好好玩一玩？」嚴懷掏出槍對準魔物。

數十里之外，王晨正把玩著一個破舊的玩具手槍，撫摸著那不再光滑的外殼，一步一步地，向樓上走去。

人類，會因為不公而憤怒，會因為歧視而不甘，會因為嫉妒而發狂，也會因為不愛而恨，因為愛而恨。

更會因此，瘋癲入魔。

所以，有趣的、可愛的、情感豐富的人類，才會成為魔物們摯愛的美食。因為魔物，正如威廉所說，從來沒有愛恨。

王晨掀起嘴角，準備完成自己的使命。

可愛的、痛苦的、絕望哭泣的靈魂啊，不要再悲傷，不要再難過，我會賜予你永恆的安眠。

年輕的魔物候選人緩緩拾階而上，向著墮落的靈魂走去。

Chapter 17

劬勞（終）

確定父親正在尋找哥哥的蹤跡後，李明儀試過很多方法阻撓他，但最終，他的一切努力在李華盛面前就像是個笑話。

李華盛沒費多少精力，便獲知了大兒子所有的消息，那一晚，他將一張照片丟到李明儀的床前，像個戰勝的將軍。

「這就是你的哥哥，一個站都站不起來，沒念過多少書的廢物。」李華盛語氣冰冷，「這種人的性命，怎麼能夠和你比？用他的命來救你，是他唯一的價值。我明天就去找他。」

從始至終，李明儀一句話都沒有說，直到李華盛走後，他才拿起照片端詳。照片上的年輕人，蒼白、瘦弱，坐在一張輪椅上。

看著看著，李明儀突然自嘲地笑了。

「我從小把你想像得無所不能，其實你也只是個普通人。」他語氣中有些失望，也有些釋然。

這樣的哥哥，不是自己小時候憧憬的那個大英雄，他甚至比現在病重的自己看起來更虛弱。而這一切，逼得他不得不做出一個無法回頭的決定。

「既然你不能保護我……」李明儀笑了，「那便由我來保護你吧。」

他撫摸著照片上的人的臉頰，望著窗外沉沉的夜色，心中下了某個決定。

一週前，李明儀下定決心，要不惜一切保護哥哥。

一週後，周子慕下定決心，要看著弟弟死去。

這世上，誰都不知道下一秒會發生什麼。

比如，你所保護的那個人，卻盼著你的死亡。

小小的玩具手槍，象徵著一份期盼、一份等待、一份守護。

愛是永恆、不變的諾言。

這次就由我來保護你，哥哥。

恩怨相纏，錯恨交加。

是是非非，誰道得清，誰看得明？

歲月流光，這幾日發生的一幕幕如流水東去，緩緩盡現於眼前。

滴答。

李明儀離開人世的那天晚上，李華盛夫婦對月長坐一宿，彷彿一夜衰老，茫然若失。

滴答。

李明儀去世兩天後，李華盛夫婦找上周子慕，一子已逝，還剩一子。

滴答。

周子慕察覺出不妥，偽裝失蹤。李華盛去院長辦公室長談，所問無非兩件事：一問周子慕雙腿能否治好，二問周子慕的心臟與李明儀是否匹配。

答案，皆否。

一雙已經治不好的殘腿、一顆不能用來替換的心臟，招惹出許許多多是非。

滴答。

眨眼間，又流轉過無數畫面。

它只是靜靜地看著，未曾發一言。

直到畫面停留在那個蟬鳴停息的午後，一個臉色青白的年輕人無力地倒在窗前，而他嘴角竟帶著笑意。

它靜靜地看著這個年輕人，彷彿要看透他的所思所想，想要把他喚醒，問一問究竟為何要那麼做？然而它心中卻是一片茫然，懵懵懂懂，不知道自己為何在這，為何又要盯著這個年輕人。

「他已經死了。」

不知何時，它身旁出現一人。

那人和它一起看著懸浮於黑暗中的種種畫面，目光深沉。

「他是誰？」它問。

「李明儀。」

「李明儀是誰？」

「周子慕的弟弟。」

「周子慕又是誰？」

「李明儀的哥哥。」

這種敷衍的答案讓它有些生氣，指著那死去的年輕人問：「他為什麼要死？」

「因為他是個傻子，因為他想要讓人記住自己，還因為他本來就活不久了。」

來人回答：「用不足數月的性命，換得別人記住他一生。其實這個人也不傻，他很聰明。」

「那他想要讓誰記住他，那個人又記住他了嗎？」它問。

「記住，又沒記住。」來人回答：「周子慕記住他，卻永遠不會感激他，或者只會更恨他。」

「為什麼？」

「因為李明儀用這個方法，讓周子慕永遠擺脫不了他，讓周子慕永遠得不到他想要的東西。」

這樣一想，李明儀的確很聰明，也許最大的贏家就是他。

畫面偏轉，又來到另一間病房。

這裡似乎很騷亂，有個瘋癲叫嚷的中年女人，有來往奔波的醫生護士，還有個奄奄一息、雙腿萎縮、躺在床上不省人事的年輕人。

「他是誰？」

「周子慕。」

「他怎麼了？」

「他也快死了。」

它一驚，「為什麼，他不是不會死嗎？」

人影看向他，疑惑道：「為什麼他不會死？人總是要死的。」

「但是有人說過，他身上沒有死氣……」它愣愣地，不記得腦海裡哪來的這番話。

「命運是會改變的。」人影冷漠地回答，「同胞兄弟，弟弟心臟衰竭，為什麼人們以為哥哥就不會有？周子慕的心臟也有缺陷，他被刺激過後，也活不久了。」

「什麼刺激？」

「得不到，求不得，恨不了。健康的身體，他得不到；安穩普通的日子，他求不得；想要恨的人原來並不值得恨，他恨不了。過得這麼慘，他當然受不了。受不了，就發瘋了。」

它無言地聽著，似乎若有所獲，看著病床上面色慘白的人，道：「其實他也不過是個笨蛋。」

「是啊，他們兄弟倆都是笨蛋，喜歡鑽牛角尖。不過也正是這樣，我才看中了他。」

它聞言，看向人影。「你是誰？」

「我？」人影道，「我是一個看戲的過客，一個旁觀的路人。我等著故事發展，守著果實成熟。你說，我是誰？」

「那我是誰？」

人影回答：「一份誘人的食物。你不知道，有很多魔物在覬覦你的靈魂。」

「包括你？」

人影笑了笑，「誰知道呢？」

它靜默著，許久點頭。「那我寧願讓你吃了我，我不想再待在這裡看這兩個白痴的故事。吃了我，帶我離開。」

人影緩緩笑開，說：「好。」

好像一部狗血的家庭倫理劇，在最高潮時戛然而止。

觀眾們突然發現，原本以為是反派的角色突然反轉，他們等待的復仇大戲，最後其實是一場鬧劇。於是觀眾抗議了，不幹了，他們轉臺了。

然而生活不是電視劇，就算觀眾們不捧場，它還是會一直延續下去，直到所有人死亡。

周子慕這個主角，現在奄奄一息地躺在病床上，完全沒有之前的威風，而他所掀起來的報復大劇，也驀然終止。

他恨的親生父母為了保住他的性命，正忙裡忙外；他原本準備報復的人，卻付出性命保護了他。

像電視裡那樣道出真相，道一聲愛恨了斷，從此拍拍手兩不相干，絕對不可能。

因為這是生活，這就是現實。

無論李華盛他們之前是怎麼想的，又是如何看待周子慕，他們都已經只剩下這個兒子，不能再失去了。至於周子慕會怎麼想，還是等他醒過來再說吧。

王晨從潛入的夢境中回過神，做的第一件事情就是咂了咂嘴。

潛入周子慕的夢境，王晨並沒有吞噬掉他的靈魂，而是吃去了縈繞在他心頭的負面情緒。

一是因為一旦殺死周子慕，他就和貝希摩斯沒什麼區別；二是因為他總覺得魔物們的做法太竭澤而漁。只要人還活著，各種各樣的情緒總會不斷滋生，何必非要一次性地吞噬掉靈魂呢？

而且這樣一來，周子慕就失去了墮落的可能。

這一局，又是他贏了。

「殿下。」威廉出現在身後。

「回去吧。」王晨轉身，不再去看身後那一片混亂的病房。

「就這麼丟下他不管？」威廉難得回頭張望，「您可以豢養周子慕。」

「豢養？」

「豢養半魔人是很多候選人都會做的事情，殿下您也應該開始培植自己的勢力。」

「半魔人？像劉濤那樣嗎？」

威廉淡淡道：「周子慕這次如能不死，恐怕會入魔。與墮落不一樣，保持自我意識入魔的人類，能和我們一樣擁有特殊的能力，並擁有理智。」

王晨稍微想一想，十分認可。周子慕的性格本來就肖似魔物，或許經過這一次的事件，他真會由人入魔。

王晨又想到一個人，那個人足夠聰明，也足夠心狠。

「說起來，李明儀如果還活著，也一定是一道美味。」王晨嘆了一聲，「真可惜，他死得太早了。」

威廉看著垂涎美食的王晨，突然開口：「殿下，李明儀的靈魂，在死前就已經脫離身體了。」

「什麼？」

「我前幾日去查看他的屍體，發現有魔物的氣息。」

王晨驀然停下腳步，直直地看向威廉：「你的意思是，這次的事情又有魔物參與？」

威廉點頭，「李華盛夫婦一開始發瘋似地想要奪取周子慕的心臟，看似是唯一的選擇，其實有很多不妥。我想或許他們那時意識並不清楚，而是被魔物干擾。」

這麼一件看起來巧合的事，直到這時候聽威廉講，王晨才察覺出不對勁。為什麼李明儀的心臟衰竭這麼一發不可收拾，為什麼李華盛夫婦對待親子如此偏頗？為什麼貝希摩斯一來就選中了周子慕？就連張素芬那邊的事情，也隱隱透露著詭異。

難道真的不是巧合？

所有的一切在這時候細細分析，彷彿能夠看到幕後有一張看不見盡頭的大網。那張鋪天蓋地的網，將所有人都捕獲了進去。

王晨感到一絲寒意，若真是如此，這幕後之人簡直把他、姬玄以及貝希摩斯全都玩弄於股掌間，多麼可怕。

「殿下，如今已經有許多魔物盯上您。」威廉提醒：「請您小心。」

「小心？」王晨笑了出來，「那麼多雙暗地裡的眼睛，再小心也沒用。威廉，你說得對。」

他們此時已經走出醫院，他抬頭看了眼樓上那間病房。

「是時候開始培養屬於我的勢力了。」

王位，可不是那麼好奪的。

在他說這句話時，一對面色焦急的中年夫妻從他們身邊擦肩而過。他們衣著樸素，甚至能夠說是破舊，位在前頭的那個男人，一雙大手粗糙髒汙，卻緊緊握著妻子的手。他們不顧旁人的眼光，直直衝進醫院。

王晨看了那對夫妻一眼，轉身走遠。

人類的恩恩怨怨，魔物們冷眼旁觀，只得一句評價：愛恨不過一場夢，是非終究一場空。

與此同時，感應到周子慕靈魂變化的貝希摩斯臉色大變。

「是誰！是誰搶走了我的獵物？」她像被奪走心愛玩具的任性孩子一樣，發怒道：「我要將他揪出來，我要讓他粉身碎骨！」她轉身看向嚴懷，雙眼赤紅。

「你！這個可惡的人類，都是你耽誤了我！我也要你賠償我，用你的命！」

她尖叫一聲，撲身上前。

嚴懷驚險地躲避她如潮水般的連擊，呼吸急促，同時心裡謀劃著如何結束這場戰鬥。

怎麼辦，難道真的要在這時候就把殺手鐧使出來？

「貝希。」

在他即將做出最終決定時，半空中又傳來一道聲音。

「不要再胡鬧了，事已至此，跟我回去。」

貝希摩斯不甘心地對著天空道：「不，我要殺光他們！我不回去！」

「魔界有信使前來，利維坦傳話……」

聽到對方這麼說，貝希摩斯稍微冷靜了一些。

「我還會再來的。」她狠狠瞪了嚴懷一眼，接著飛向半空，消失在眾人面前。

「嚴組長！」俞銘匆匆跑來，「你還好嗎？」

「沒事。」嚴懷喘了口氣，這才發現自己的後背早已經濕透。

因為使用了克制貝希摩斯能力的特殊裝置，加上一連串高強度的戰鬥，他現在幾乎不能動彈，但他依然裝作若無其事，道：「情況怎麼樣？」

「韓隊長那邊傳來消息。」俞銘說：「周子慕的情況已經平定，張素芬……死了。」

所有的一切，都不能盡如人預料。

比如韓瑟，一開始從未想過，自己竟然真的會依靠王晨，打敗了另一幫魔物。

比如周子慕，從沒有想到一個素未謀面的弟弟，會為了自己，做出這樣的選擇。

比如劉濤，以前根本不能預料到自己會被雇主當作沙包替身，被敵人一次又一次破壞肉身。

還比如張如海，他沒有想到他近乎頑固不化的母親，竟然出乎意料地放棄了與他爭奪房屋產權。更沒有想到，這個一直以來堅強到彷彿沒有什麼能壓垮她的老母親，竟然就這樣走了。

張素芬離開時，桌上只放著一張遺囑。她閉著眼，躺在床上像是睡著了，然而那雙眼，卻再也不能睜開。

張素芬識字不多，遺囑上只有寥寥一行字。

「我走了，一切都留給你們。」

五十多歲的中年男人，握著遺囑泣不成聲。

世上發生的很多事情，當被風迷了眼，被霧蒙了心，便看不清楚，而當你想明白時，它已經結束。

如子規啼：

蓼蓼者莪，匪莪伊蒿。

哀哀父母，生我劬勞。

Epilouge

尾聲

郊區的別墅，已經好久沒有客人來訪。自從上次劉濤躺屍門前，威廉收拾乾淨後，這裡就變得更加門庭冷落了。

直到今天，又有人找上門。

客人似乎身體不便，費盡力氣才按下了門鈴。

許久，裡面有人來應門，懶懶地問：「誰啊？」

一道聲音回答他。

「周子慕。」

一個結束，是另一個開始。

——《滅世審判03》完

YY 的劣跡

高寶書版集團
gobooks.com.tw

輕世代 FW157
滅世審判03

作　　者　YY的劣跡
繪　　者　水　々
編　　輯　林紓平
校　　對　林思妤
美術編輯　林家維
排　　版　彭立瑋
企　　畫　林佩蓉

發 行 人　朱凱蕾
出　　版　英屬維京群島商高寶國際有限公司臺灣分公司
Global Group Holdings, Ltd.
地　　址　臺北市內湖區洲子街88號3樓
網　　址　www.gobooks.com.tw
電　　話　(02) 27992788
電　　郵　readers@gobooks.com.tw（讀者服務部）
pr@gobooks.com.tw（公關諮詢部）
傳　　真　出版部　(02) 27990909　行銷部 (02) 27993088
郵政劃撥　50404557
戶　　名　三日月書版股份有限公司
發　　行　三日月書版股份有限公司/Printed in Taiwan
初版日期　2015年 8 月
二刷日期　2021年 3 月

國家圖書館出版品預行編目(CIP)資料

滅世審判 / YY的劣跡著.-- 初版. -- 臺北市：高寶國際, 2015.08-
冊； 公分. --

ISBN 978-986-361-181-3(第3冊：平裝)

857.7　104003626

三日月書版

三日月書版

GOBOOKS
& SITAK
GROUP©